PRÉFACE.

SI je me conforme à l'uſage aſſez ordinaire, en mettant ici une Préface, ce n'eſt pas qu'enorgueilli par le ſuccès de cette Piéce, je veuille apprendre avec emphaſe à ceux qui, dans quelques années, la pourroient trouver dans la pouſſiere de quelque Bibliothéque, qu'elle a obtenu les ſuffrages du Public; & prendre de-là occaſion de tâcher de prouver, par de vains raiſonnemens, qu'elle méritoit d'être encore plus applaudie.

Cet encens, qu'un Auteur offre à ſon amour propre, lui devient ſouvent plus funeſte qu'il ne penſe : ceux, entre les mains de qui tombe ſon Ouvrage, indignés de tant de vanité, ne le liſent que pour le critiquer; ou du moins trop prévenus en ſa faveur, & trop préparés à être frappés par des traits admirables, ſont fort ſurpris de le trouver au-deſſous de l'idée qu'ils s'en étoient formée: & ſans égard, alors, à l'approbation du Public, dont ſe vante l'Auteur, ils accuſent celui-ci d'arrogance, & l'autre de mauvais goût.

Perſuadé que je ne dois l'accueil favorable

qu'a reçû ma Tragédie, qu'à l'indulgence qu'on a eue pour un coup d'essai; & convaincu qu'on m'a tout pardonné en faveur de quelque talent qu'on a crû reconnoître en moi, je suis bien éloigné de penser qu'on n'a fait que me rendre la justice qui m'étoit dûe, & que l'Ouvrage est digne, par lui-même, des applaunissemens qu'on a daigné lui accorder.

Je ne demandois du Public que de n'être pas rebuté; il a fait plus, il m'a encouragé: trop satisfait de ses bontés, je croirois m'en rendre indigne, si je laissois échapper l'occasion de l'assurer de ma reconnoissance. C'est ce motif, qui, non seulement, m'engage à faire une Préface, mais qui me détermine encore à me faire imprimer. Il est vrai que je suis rassuré par la premiere grace qu'il m'a déja faite; je me flatte que, se ressouvenant des raisons qui l'ont desarmé en ma faveur, il daignera lire la Piéce, avec le même esprit qu'il l'a vûe représenter.

Je sçais bien qu'il exige de ma reconnoissance d'autres marques que de foibles remercîmens: mais plus il a eu de bontés pour moi, plus il me faut de tems pour travailler à les mériter. J'y ferai mes efforts; j'étudierai son goût, je profiterai de ses décisions: mais quelque soin que je puisse prendre, je ne compterai jamais que sur ses nouvelles graces, parce que je n'aurai rien oublié pour me les attirer.

Je n'ai pas dessein non plus de répondre ici

TÉGLIS,

TRAGEDIE,

REPRESENTÉE

POUR LA PREMIERE FOIS

PAR

LES COMEDIENS ORDINAIRES

DU ROY.

Le 19 Septembre 1735.

Par Monsieur de M * * *

Le prix est de trente sols.

A PARIS,

Chez PIERRE RIBOU, vis-à-vis la Comédie Françoise, à S. Louis.

MDCCXXXV.

Avec Approbation & Privilege du Roy.

aux diverſes objections qui m'ont été faites : de pareilles diſſertations ſont preſque toujours fort inutiles, & font rarement revenir la victoire du côté de l'Auteur. Elles prouvent ſeulement qu'il ſe croit infaillible, & qu'il eſt aſſez orgueilleux pour s'imaginer d'avoir fait un Ouvrage ſans défaut. La meilleure façon de répondre aux Critiques, c'eſt de tâcher de ne plus retomber dans les mêmes fautes ; je ſuivrai cette maxime autant que je pourrai : Heureux, ſi voulant éviter *Caribde*, je ne vais pas échouer dans *Scylla* !

Cependant comme le ſujet de cette Piéce n'eſt pas fort connu, on ne ſera peut-être pas fâché que je le rapporte ici : & ſans me parer d'une vaine érudition, j'avouerai de bonne foi que le hazard me l'ayant préſenté dans le Dictionnaire de Bayle, je crus y découvrir tout d'un coup un fonds aſſez heureux pour une Tragédie. Mon âge, & ſur-tout la ſituation où étoit mon cœur, me le firent enviſager comme celui où je réuſſirois le mieux. Je n'eus d'abord que le deſſein de me ſatisfaire moi-même, & de vaincre l'ennui, où l'oiſiveté & le ſéjour de la Province m'expoſoient. Mais quelques amis auprès de qui je voulus me faire honneur de mes amuſemens, m'ayant excité à retoucher mon Ouvrage, étant enſuite venu moi-même à Paris, on m'a engagé inſenſiblement de correction en correction, à le mettre en état d'être hazardé ſur le Théatre.

Voici l'article tel qu'on le trouvera dans le

Dictionnaire qui m'a fourni la premiere idée de la Piece, tome 3. pag. 2315. de l'édition de Rotterdam en 1720. au troisiéme art. *Pyrrhus.*

» Pyrrhus Roy d'Epire, petit fils du précedent *, succéda à son pere Alexandre, & fut » d'abord sous la tutelle de sa mere Olimpias. » Sa minorité rendit les Etoliens assez injustes » pour entreprendre de lui enlever une partie de » l'Acarnanie..... Olimpias eut recours à Démetrius Roy de Macedoine; & pour l'engager plus fortement à la secourir, elle lui donna en mariage Phthie sa fille. L'Historien (*a*) » nous laisse là, sans nous apprendre d'autres » suites du dessein des Etoliens, que l'irruption » qu'ils firent sur les frontieres de l'Epire au » tems de Ptolomée, frere & successeur de notre Pyrrhus. Il faut qu'il y ait là du vuide; car » sans doute il se passa quelques années entre la » minorité & la mort de Pyrrhus. Quoiqu'il en » soit, la Princesse Olimpias recourut à des » moyens trop violens, quand elle voulut s'opposer aux amourettes de son fils; car elle fit » empoisonner une Maîtresse qu'il avoit. (*b*) A. » Ptolomée qui lui succeda ne lui survêcut pas » beaucoup; leur mere les suivit bientôt, ayant » été accablée de la perte de ses deux fils.

(a) *Justinus.* lib. XXVIII. cap. 1. & seq.

(b) *Athen.* lib. XIII. pag. 58).

Et dans les remarques.

» A. *Une Maîtresse qu'il avoit.* Elle étoit de

* C'est celui qui s'est rendu fameux par ses Guerres contre les Romains.

» Leucade, & se nommoit Tigris. (*a*) M. de
» Boissieu (*b*) rejettant toutes les interprétations
» qu'on a données à ces deux vers d'Ovide,
» *Utque nepos dicti, nostro modo carmine, regis*
» *Cantharidum succos dante parente bibas.*
» a conjecturé qu'il s'agit là de notre Pyrrhus,
» & qu'Olimpias sa mere ne lui fit pas plus de
» quartier qu'à Tigris * sa concubine. Si cela
» est, Justin a été bien bon d'imputer la mort de
» cette Princesse au regret d'avoir perdu ses deux
» fils. Il ne faut pas donner un nom honorable
» au desespoir qui accableroit une mere bour-
» relée des remords de sa conscience, après
» avoir fait mourir son fils.

On voit par là qu'il n'est rien dans l'Histoire dont je n'aye fait usage; & que rien de ce que j'ai ajouté ne lui est contraire. Je crois plûtôt avoir rempli le vuide dont se plaint M. Bayle, & avoir concilié les deux Historiens & le Commentateur d'Ovide, par le caractere que j'ai donné à Olimpias. J'en fais, selon Justin, la plus tendre des meres; selon Athenée, une Reine qui s'oppose avec vigueur à la folle passion de son fils; & selon M. de Boissieu, je la rends du moins la cause de la mort de son fils, par le desespoir où elle le réduit en faisant mourir ce qu'il aime. Pour qu'ils ayent raison tous trois, elle n'a pû agir que de la façon, & par les motifs que je suppose.

(a) Athen. lib. [illegible] pag. 58[illegible]

(b) In[illegible] pag. 65.

* Je ne crois pas qu'on me blâme d'avoir changé ce nom, qui ne convenoit guéres à une Héroïne de Tragédie & qui n'étois pas fait pour des vers françois.

On voit encore, par ce peu que l'Histoire nous apprend de Pyrrhus, qu'il ne m'a pas été permis de le représenter autrement, que comme un Prince très-amoureux. Mon dessein a été de faire craindre, par son exemple, tous les égaremens où peut jetter l'amour lorsqu'il se rend maître d'un cœur : Pyrrhus lui sacrifie sa fortune, sa gloire, son devoir, son amitié pour son frere, son respect pour sa mere, sa vie même, & porta encore son amour jusqu'au-delà du trépas. J'ai voulu de même dans Sosthêne, dépeindre les égaremens de l'ambition ; & j'ai crû que la plus grande peine dont ils pourroient être punis, étoit de voir périr à leurs yeux & par leur faute, celle pour qui ils agissoient ; tandis que Ptolomée qui, immolant l'amour, & l'ambition à son devoir, fait le contraste de Pyrrhus & de Sosthêne, devoit être récompensé de son sacrifice, en obtenant tout ce que sa vertu lui faisoit céder.

Enfin je me flatte qu'en examinant le fond Historique & la Tragédie, on verra qu'il y a peut-être un peu d'art à les avoir si bien ajustez ensemble ; & qu'on jugera que je n'ai pas eu peu de peine à éviter de trop ressembler à *Rodogune*, à *Inez*, à *Andromaque*, à quoi me jettoit, malgré moi, mon sujet. C'est là une des principales raisons qui m'a empêché de donner plus d'étendue au rôlle d'Antigone ; & c'est peut-être ce qui m'a fait tomber dans la plûpart des défauts qu'on m'a reprochez.

TEGLIS,

TRAGEDIE.

ACTEURS.

OLIMPIAS, Reine d'Epire, *Mademoiselle Balicourt.*

PYRRHUS, fils aîné d'Olimpias, *M. Grandval.*

PTOLOMEE, frere de Pyrrhus, *M. Fleury.*

ANTIGONE, sœur de Démetrius, Roy de Macédoine, *Mademoiselle Grandval.*

SOSTHENE, Ministre d'Etat, *M. Sarrazin.*

TEGLIS, fille de Sosthêne, *Mademoiselle Gaussin.*

DORIS, Confidente de la Reine, *Mademoiselle Jouvenot.*

CEPHISE, Confidente d'Antigone, *Mademoiselle du Boccage.*

IPHIS, Confident de Pyrrhus, *M. Dubreuil.*

MITRANE, Capitaine des Gardes, *M. le Grand.*

SUITE *de la Reine.*

GARDES.

La Scéne est à Buthrote, Capitale d'Epire, dans le Palais des Rois d'Epire.

TEGLIS,

TEGLIS,

TRAGEDIE.

ACTE PREMIER.

SCENE PREMIERE.

PYRRHUS.

IMPETUEUX transports d'un amour sans espoir,
Qui prenez, sur mon cœur, un souverain pouvoir,
Funeste souvenir, triste & cruelle idée,
Dont toujours, en secret, mon ame est obsedée,
Ah! laissez-moi jouir d'un moment de repos;
Eloignez vous, fuyez; vous redoublez mes maux!
Privé depuis un an de l'objet que j'adore,
Pourquoi m'en occuper, & me l'offrir encore?

La gloire me doit ſeule animer en ce jour ;
Il eſt tems de bannir un inutile amour.
Non, ne balançons plus : que ma flâme étouffée,
D'un vertueux effort, ſoit le premier trophée ;
Que les appas du trône arrachent de mon cœur,
Ce tirannique amour, qui fait tout mon malheur !
Inutiles projets d'un amant déplorable !
En vain je veux dompter un amour qui m'accable,
Je conſerve toujours l'image de Téglis ;
Des plus vives ardeurs mon cœur toujours épris,
Ne trouve de plaiſir qu'à rappeller ſes charmes,
Je n'ai d'autre douceur que de verſer des larmes.
Sans être criminel, Dieux ! dois-je être puni ?
Contre moi le deſtin, à l'amour, s'eſt uni :
Ai-je pû réſiſter à des coups ſi terribles ?
Quels cœurs à tant de traits peuvent être invincibles ?

SCENE II.

PYRRHUS, IPHIS.

IPHIS.

VOus verrai-je toujours inquiet, conſterné,
Aux plus ſombres chagrins, ſans ceſſe abandonné ?
Quoi ! la gloire, aujourd'hui qui vous eſt préparée,
Ne peut-elle vous rendre une paix déſirée ?

Une Mere, une Reine, écoutant ſon devoir,
Va vous remettre ici, le ſouverain pouvoir;
Et comblant les ſouhaits d'un peuple qui vous aime,
Avec un digne hymen, vous offre un diadême.
Quel ennui peut encor, Seigneur, vous accabler?
Des objets ſi flatteurs peuvent-ils vous troubler?

PYRRHUS.

Toi, qui ſçais dans quels maux un triſte amour me plonge,
Peux-tu me demander le chagrin qui me ronge?
J'ai perdu le ſeul bien, que mon cœur eſtimoit,
Iphis, & j'ai perdu le ſeul cœur qui m'aimoit!

IPHIS.

Quoi, toujours de Téglis l'image vous poſſede;
Aux loix d'un vain amour votre fermeté cede?
En vain j'ai parcouru mille divers climats,
Je n'ai pû découvrir ni ſon ſort, ni ſes pas.

PYRRHUS.

Les Dieux ne vouloient pas, Iphis, t'en rien apprendre:
Ah! ſi par ſon retour, ils daignoient me ſurprendre....
Mais hélas! vain eſpoir, qui toujours me ſéduit!
Qu'attendrois-je des Dieux, leur haine me pourſuit.

IPHIS.

Ah! Seigneur, étouffez une cruelle flâme.
Que d'autres feux enfin régnent ſeuls dans votre ame;
Et loin d'oſer, du Ciel, accuſer le courroux,
Reconnoiſſez l'effet de ſes bontés pour vous.

Vous ne l'ignorez point : la Reine votre mere,
Par la derniere loi de votre auguste pere,
Peut, entre ses deux fils, élire un successeur,
Et nommer Ptolomée, ou vous, à cet honneur.
Mais celui que son choix placera sur le trône,
Seigneur, doit épouser la Princesse Antigone;
La Reine l'a promis; & depuis en ces lieux,
Cette Princesse attend un hymen glorieux.
Auriez-vous préféré Téglis au rang suprême,
Ne pouvant, sur son front, mettre le diadême,
Ou, content de regner, d'un rival plus heureux,
Auriez-vous pû souffrir qu'elle comblât les vœux?

PYRRHUS.

Que ne puis je, aux dépens du sceptre & de la vie,
La revoir en des lieux, où l'on me l'a ravie!

IPHIS.

Seigneur! .... mais cependant quel est votre dessein,
D'Antigone en ce jour recevrez-vous la main?

PYRRHUS.

Hélas!

IPHIS.

Quoi! ......

PYRRHUS.

L'épouser! grands Dieux!

IPHIS.

Tout vous en presse.

PYRRHUS.

Eh le pourrois-je, Iphis, sans mourir de tristesse?
Mon cœur.......

IPHIS.

Puisque Téglis ne peut plus être à vous,
D'Antigone, Seigneur, daignez être l'époux.

PYRRHUS.

Dans quels regrets mon ame, ô Dieux! seroit plongée,
Si lorsqu'ailleurs ma main se seroit engagée,
Téglis se présentoit à mes yeux éperdus,
Et me redemandoit des feux qui lui sont dûs?

IPHIS.

C'est nourrir trop long-tems une vaine espérance,
Seigneur;... mais en ces lieux, votre frere s'avance.

SCENE III.

PYRRHUS, PTOLOME'E, IPHIS.

PTOLOME'E.

ENfin c'est en ce jour qu'immolant sa grandeur,
La Reine, à notre pere, élit un successeur.
Et l'on dit que ce choix, dicté par sa tendresse,
Rend la justice dûe à votre droit d'aînesse.

Je ne viens point ici, trop jaloux de ce rang,
Vous montrer un dépit indigne de mon sang;
J'y viens, malgré l'orgueil d'une haute naissance,
Vous assurer, Seigneur, de mon obéissance.
Par le trône, à la gloire on peut bien parvenir;
Mais elle est toujours sûre à qui sçait obéïr.

PYRRHUS.

C'est ainsi qu'un grand cœur, quelque prix qu'il en coute,
De la gloire toujours sçait se fraïer la route:
Mais la tendre amitié, qui, par ses plus doux nœuds,
Dispose de nos cœurs, & nous unit tous deux,
Vous a-t'elle permis, mon frere, d'oser croire
Qu'à sçavoir obéïr, je bornois votre gloire?
Avez-vous pû penser qu'un ami, tel que moi,
Trouvât quelque douceur à vous donner la loi?
Ah! qu'un pareil soupçon m'est un cruel supplice!
Rendez à votre frere un peu plus de justice;
Croyez que la couronne est pour lui, sans appas,
D'abord qu'à ses côtés, vous ne regnerez pas.
Non, vous ne verrez point un frere qui vous aime,
Oser monter sans vous à cet honneur suprême....
La Reine vient; son choix va sans doute éclater:
De mes vrais sentimens, vous ne pourrez douter.

SCENE IV.

OLIMPIAS, PYRRHUS, PTOLOME'E, IPHIS, MITRANE, *ſuite de la Reine, Gardes, &c.*

OLIMPIAS. *Elle s'aſſeoit, & les Princes à ſes côtés.*

PRenez place, mes fils; & vous (*a*) qu'on ſe retire.

(*a*) A ſa ſuite.

SCENE V.

OLIMPIAS, PYRRHUS, PTOLOME'E.

OLIMPIAS.

ENfin voici le jour, qui doit, de cet Empire,
Aſſurer le bonheur, & fixer le deſtin,
En lui donnant un Roy couronné de ma main.
Pour vous placer au trône, il eſt tems d'en deſcendre;
Il ne m'appartient pas; & je viens vous le rendre.
Mais je trouve dans vous deux fils dignes de moi;
Je vous trouve chacun digne d'être mon Roy:
C'eſt ce mérite égal qui me gêne & me trouble;
A voir tant de vertus, mon embarras redouble;

Vous vous montrez tous deux dignes de commander;
Mon amour tremble, hésite, & n'ose décider.
Il faut pourtant, il faut qu'en ce jour je prononce:
Ma gloire, sur ce choix, exige ma réponse;
Je la dois à l'Epire, à l'Univers, à vous,
Aux ordres d'un Monarque, aux manes d'un époux;
Impatient de voir l'effet de ma promesse,
Par ses Ambassadeurs, Démétrius m'en presse:
Et quand ce seul motif, Princes, l'exigeroit,
Pour me déterminer enfin, il suffiroit.
A peine, sous les coups de la parque cruelle,
Votre pere plongé dans la nuit éternelle,
A son trône, en mourant, ne laissoit pour appui,
Que deux fils hors d'état de regner après lui,
Qu'espérant profiter du tems de votre enfance,
Les fiers Etoliens arment en diligence;
Les cruels dans l'Epire entrent de toutes parts,
Et déja, sous leurs coups, tombent mille remparts,
Rien ne peut résister : toute l'Acarnanie,
Bien-tôt à leurs Etats, eût été réunie.
Au Roy de Macedoine, aussi-tôt j'ai recours;
Dans ce péril pressant, j'implore son secours:
Sosthêne, auprès de lui, chargé de l'ambassade,
Au gré de mes desirs, enfin le persuade.
Démétrius consent à servir mon courroux,
Et même, de ma fille, il veut être l'époux;

Il veut que je promette à sa sœur Antigone,
Que ce fils, par mon choix, élevé sur le trône,
Avec elle unira sa gloire, son destin,
Et ne deviendra Roy qu'en lui donnant la main.
Avec empressement, je signai ces promesses:
De ce Roy généreux, les armes vengeresses
Me défirent bien-tôt de tous mes ennemis;
Je les vis, par ses coups, abatus & soumis.
La moitié du traité, dès lors, fut accomplie;
Avec Démétrius votre sœur fut unie;
Et la sienne aussi-tôt amenée à ma Cour,
Vint, de son himénée, attendre l'heureux jour.
Je croi que cet himen, où ma foi vous engage,
Vous fait voir, à regner, un nouvel avantage:
Mais telles, de mon sort, sont les cruelles loix,
Qu'il faut qu'un seul des deux tienne tout de mon choix;
Que, malgré mes souhaits, que, malgré ma tendresse,
Un seul doit obtenir le trône & la Princesse.
Mais aussi le destin a soin de désigner
Lequel de vous, mes fils, je dois faire regner:
Si je puis, sans égard au droit de la naissance,
Au plus digne des deux, donner la préférence,
Voyant même vertu d'un & d'autre côté,
Par ce droit seul, le choix me doit être dicté.
C'est donc à vous, Pyrrhus, qu'est dû le diadême;
Que l'Epire bien-tôt vous admire, vous aime,

Et ſecondant enfin mes ſouhaits les plus doux,
D'Antigone, en ce jour, ſoyez l'heureux époux.

PYRRHUS.

Ce n'eſt point le deſtin, qui, dans ce rang, me place,
A vos ſeules bontés, je dois en rendre grace,
Madame: mais pourquoi hâtez-vous ce grand jour,
Où le Sceptre devient un don de votre amour?
Penſez-vous qu'ébloüi de la grandeur ſuprême,
J'envie à votre front l'honneur du diadême!
Non, l'unique deſir digne de votre fils,
Eſt d'atteindre au grand nom que vous avez acquis.
Ah! ſouffrez que mon cœur, inſtruit par votre exemple,
Se forme à des vertus, que l'Univers contemple.

OLIMPIAS.

Si j'avois pû penſer, Prince, que votre cœur
Eût été lâchement jaloux de ma grandeur,
En vain le ſort, pour vous, m'auroit voulu ſéduire,
Je n'aurois, en vos mains, jamais remis l'Empire.
Mais qui, d'un beau devoir, cherche à ſuivre la loi,
Qui n'en veut qu'à la gloire eſt digne d'être Roy.
Un ſi noble deſir dans votre cœur domine,
Mon fils, montez au trône, où mon choix vous deſtine.

(*à Ptolomée.*)

Je crois que ſans regret, Prince, vous allez voir
Dans les mains de Pyrrhus, le ſouverain pouvoir;

Aux ordres d'une Reine, à la gloire d'un frere,
Un Prince tel que vous ne ſera pas contraire;
J'ai lieu de m'en flatter, je le dois eſpérer,
Par toutes les vertus qui vous font admirer.
Si, ſecondant les vœux de mon amour extrême,
Sur ma tête, le Ciel laiſſoit un diadême,
Pour vous én couronner, je m'en dépouillerois,
Qu'avec ardeur, mon fils, je vous le céderois;
Mais je me vois réduite en cet etat funeſte,
Q'une amitié ſtérile eſt tout ce qui me reſte.

PTOLOME'E.

Et ce reſte ſi doux eſt tout ce que je veux:
Il me ſuffit, Madame, & me rend trop heureux.
Quelque prétention que j'euſſe à cet Empire,
Je n'eſpérai jamais de regner en Epire:
Prévenu qu'à Pyrrhus cet honneur étoit dû,
A demeurer ſujet je m'étois attendu;
Loin de voir ſa puiſſance avec un œil d'envie,
Je voudrois la défendre au péril de ma vie.

PYRRHUS.

Mon frere, vous ſçavez que ma tendre amitié,
Vous a fait, de ce trône, eſpérer la moitié:
Vous même diſpoſez de la premiere place;
Pour prix de mon amour, j'exige cette grace;
Et, de la Reine, ainſi ſecondant les ſouhaits.
Tous trois, en ce grand jour, nous ſerons ſatisfaits.

OLIMPIAS.

Dans cet inſtant, mes fils, que mon ame eſt ravie!
O mere trop heureuſe; ô ſort digne d'envie!
(en ſe levant.)
Mais, ſelon vos deſirs, je ne puis diviſer
Un rang dont, pour tous deux, je voudrois diſpoſer.
Ce ſeroit renverſer les loix de cet Empire;
Et détruire peut-être un amour que j'admire.
(à Pyrrhus.)
Nos peuples, de vous ſeul doivent prendre des loix:
Je vais dès ce moment leur annoncer mon choix;
Et dégageant enfin une auguſte promeſſe,
Remplir en même-tems les vœux de la Princeſſe.
Mon fils, pour cette fête, allez tout préparer;
Dans le Temple bien-tôt, il faut la célebrer.
Par votre empreſſement à vous montrer fidéle
Aux ſermens que pour vous a prononcé mon zéle,
Inſtruiſez l'Univers combien vous reſpectez
La foi des Souverains, & l'honneur des traités.

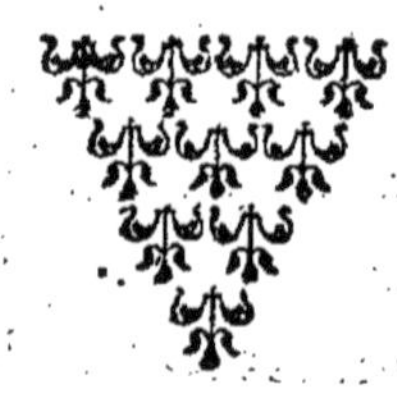

SCENE VI.

OLIMPIAS, DORIS.

OLIMPIAS.

Vien, ma chére Doris, prendre part à ma joïe!
Que mon cœur tout entier, à tes yeux, se déploïe!
Mes soins, enfin mes soins, ne sont pas superflus:
Je ne crains plus Téglis; je couronne Pyrrhus.

DORIS.

Je le dois avouer; ma surprise est extrême!
Eh quoi! vous renoncez, Madame, au diadême!
Tranquiles sous vos loix, vos peuples & vos fils,
A vos moindres desirs, sont toujours plus soumis;
Charmés de voir en vous la suprême puissance,
Ils font tout leur bonheur de leur obéïssance:
Quand rien ne vous en presse, eh pourquoi quittez-vous
Un rang, dont votre cœur paroissoit si jaloux?

OLIMPIAS.

Oui, Doris, il est vrai: mon ame ambitieuse
N'aspiroit autrefois qu'à la douceur flateuse
De régler à son gré, de tenir en ses mains
Le repos, le bonheur & les jours des humains:
Mais à peine, à ce rang, hélas! suis-je montée,
Que, de son vain éclat, je me suis dégoutée;

Je me suis vûe en proye à des troubles affreux.
Ah! Doris, quels écueils pour un cœur vertueux!
Des vils adulateurs la troupe sacrilége,
Est sans cesse, d'un Roy, le malheureux cortége:
Leur soin est d'ériger ses vices en vertus,
De lui cacher les maux des peuples abatus;
La vérité tremblante, en butte à leurs outrages,
Ne se montre jamais, à ses yeux, sans nuages;
Il couronne le vice, en voulant l'abaisser,
Et proscrit la vertu, qu'il croit récompenser.
Des plus nobles désirs, aujourd'hui je m'enflâme,
A de plus doux objets, j'abandonne mon ame:
Je cherche le bonheur d'un peuple obéïssant,
Et la grandeur d'un fils vertueux, bienfaisant:
A ces sublimes soins, que la gloire m'ordonne,
J'immole avec plaisir, l'honneur d'une couronne.

DORIS.

Quand votre ordre secret fit enlever Téglis,
Et d'un coup si terrible, étonna votre fils,
Je crus que, pour garder la grandeur souveraine,
Vous aviez fait, contre elle, éclater votre haine,
Que votre ambition vous armant de rigueur.....

OLIMPIAS.

Que tu pénétres mal dans le fond de mon cœur!
Mon amour pour mon fils, le bonheur de l'Epire,
Sont les seules raisons qui la firent proscrire.

Pyrrhus n'avoit des yeux que pour voir ses apas,
Il me cachoit ses feux : je ne m'y trompai pas;
Je m'aperçûs bien-tôt du secret de son ame,
Et prévis les effets de cette indigne flâme.
Je craignis que, contraire à mon juste dessein,
D'Antigone, Pyrrhus ne refusât la main;
Ou plûtôt, je craignis que, pour monter au trône,
Se livrant, sans amour, à l'hymen d'Antigone,
A la seule Téglis, il ne gardât ses vœux.
Je redoutai d'abord les desordres affreux,
Où se trouve plongé le malheureux Empire,
Dont le Prince se livre à l'amour qui l'inspire.
Il ne fait plus regner la justice & les loix;
Une femme, en son cœur, en étouffe la voix;
Elle règle l'état au gré de son caprice,
De son ambition, & de son avarice;
Les emplois, les honneurs ne se dispensent plus
A la haute naissance, aux talens, aux vertus,
Ils sont en proye à ceux, qui peuvent satisfaire
A la cupidité de son cœur mercénaire;
Et cette Idole enfin persécute à jamais
Qui, bravant le pouvoir qu'ont surpris ses attraits,
Ose lui refuser un solemnel hommage,
Et lui ravir l'encens qu'elle croit son partage.
Ah! devois-je exposer mon peuple à tant de maux,
Doris, quand je pouvois assurer son repos?

Mais quand même Téglis n'eût pas causé ma peine,
Eh quoi, n'avois-je rien à craindre de Sosthêne?
Je le connois trop bien; sous les plus beaux dehors,
Il cache adroitement d'ambitieux transports:
Il auroit tout tenté pour couronner sa fille,
Ou pour porter la guerre au sein de ma famille.
Il est chéri du peuple, & des grands estimé;
Falloit-il rien de plus à mon cœur allarmé?
Ainsi, dissimulant ma crainte & ma colere,
Par les plus grands bienfaits, je m'assurai du pere,
Et mon ordre en secret, dans l'ombre de la nuit,
Fit enlever Téglis sans obstacle & sans bruit.
Je n'ai point oublié les marques de ton zéle;
J'en garderai toujours un souvenir fidéle;
Mon projet fut, par toi, si bien exécuté,
Tu me servis si bien qu'aucun ne s'est douté,
Que j'eusse quelque part à cette violence;
Je promis à Sosthêne une prompte vengeance,
Je voulus.....

SCENE VII.

OLIMPIAS, DORIS, MITRANE.

MITRANE.

UN Vaisseau vient d'arriver au Port.
Madame ; mais à peine a-t-il touché le bord,
Qu'on a cru voir Téglis, & qu'on l'a reconnue,
Elle va, dans ce jour, paroître à votre vûe.

OLIMPIAS.

(*à part.*)
Qu'entens-je ! Quel secours a pû la conserver,
(*à Mitrane.*)
O Dieux !.. Sçait-on comment elle a pû se sauver ?

MITRANE.

L'on n'en dit rien : bien tôt par un récit fidéle,
Vous pourrez d'elle-même....

OLIMPIAS.

Allez.

SCENE VIII.

OLIMPIAS, DORIS.

OLIMPIAS.

Quelle nouvelle !
Du ſuccès de mes ſoins, Dieux, étiez vous jaloux !
Pour nous la ramener, quel tems choiſiſſez-vous !
Encor quelques inſtants, ne pouviez-vous attendre?
Ah ! que je crains, Doris, que pour elle trop tendre,
Pyrrhus ne ſonge . . . avant qu'il la puiſſe revoir,
Courons hâter l'hymen qui fait tout mon eſpoir.

DORIS.

Et s'il le refuſoit ?

OLIMPIAS.

Il n'oſera peut-être !
Mon cœur, de ſes tranſports, ne ſeroit pas le maître :
J'en ai trop fait . . . . malheur à cet objet, Doris,
Par qui ſe détruiroit la gloire de mon fils.

Fin du premier Acte.

ACTE II.

SCENE PREMIERE.

ANTIGONE, CEPHISE.

CEPHISE.

Adame, où courez-vous, d'où naiſſent ces allarmes?
Quel trouble vous ſaiſit? quoi, vous verſez des larmes!
La couronne autrefois attiroit tous vos vœux;
Quand, de la recevoir, brille l'inſtant heureux,
Quel chagrin dévorant, ô ciel! vous inquiéte?

ANTIGONE.

Hélas! jamais un cœur ſçait-il ce qu'il ſouhaite,
Céphiſe? Dans ces lieux conduite pour régner,
J'attendois l'heureux jour de me voir couronner;
Cet eſpoir me flattoit; mon cœur ſe plaignoit même,
Qu'Olimpias tardât à rendre un diadême,
Qui n'eſt, depuis long-tems, qu'en dépôt ſur ſon front,
Et, d'un plus long délai, je redoutois l'affront.

En ce jour, à mes vœux, elle vient de se rendre,
Céphise; & je voudrois qu'elle pût le reprendre:
Quel coup de foudre, ô Ciel! que deviendrai-je, helas!

CEPHISE.

Je vous entens, le sceptre a pour vous des appas;
Mais, du choix de la Reine, à présent allarmée,
Vous vouliez, avec vous, voir régner Ptolomée.
C'est là...

ANTIGONE.

De mon destin, tu vois la cruauté;
Le seul bien dont mon cœur pouvoit être flaté,
Je le perds!

CEPHISE.

Quoi! Pyrrhus, ce Prince jeune, aimable,
Lui, que mille vertus doivent rendre estimable...

ANTIGONE.

Céphise, en arrivant dans ces funestes lieux,
Je n'eus d'autre desir que de plaire à ses yeux;
Et bien-tôt, pour Téglis, je reconnus sa flâme.
Le dépit aussi-tôt s'empara de mon ame;
Mais, à de dignes soins, abandonnant mon cœur,
Je l'occupois enfin de gloire & de grandeur;
Je ne songeois qu'au trône; & cependant son frere,
Presque insensiblement, trouvoit l'art de me plaire;
Et je ne reconnois qu'il s'est fait adorer,
Qu'en ce fatal moment qui va m'en séparer.

CEPHISE.

Votre ſort eſt cruel, mais reprenez, Madame,
Ces deſirs de régner, ſeuls dignes de votre ame.

ANTIGONE.

Ah! de l'amour ſur moi, quel que ſoit le pouvoir,
Ne crois pas qu'il balance un moment mon devoir :
Faite pour commander, je ſçai qu'une Princeſſe
Ne doit point écouter une vaine tendreſſe :
Un cœur tel que le mien ne ſuit que les grandeurs ;
Tout ce que peut l'amour, c'eſt d'en tirer des pleurs.
Mais ô Ciel! quel objet! Que mon ame eſt émue!
Allons, Céphiſe...

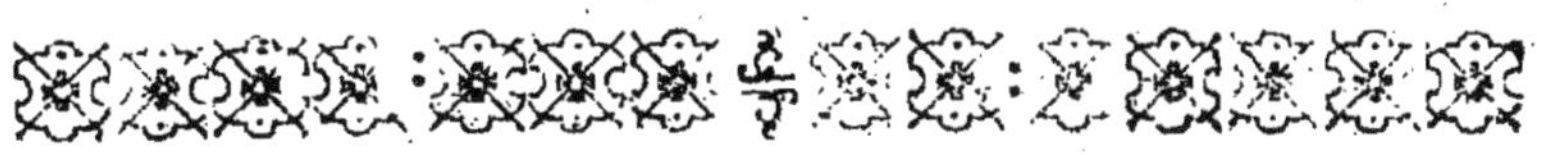

SCENE II.

ANTIGONE, PTOLOME'E, CEPHISE.

PTOLOME'E.

Eh quoi, vous fuyez à ma vûe?

ANTIGONE.

Pyrrhus eſt votre maître ; il ſera mon époux ;
Notre ſort eſt réglé : que me demandez-vous?

PTOLOME'E.

Croyez-vous qu'accablé des coups de la fortune,
J'aille vous fatiguer d'une plainte importune?

Celui qu'un ſort propice a comblé de faveurs
Plaint peu les malheureux en bute à ſes rigueurs,
Madame, je le ſçai; mais auſſi ſans murmure,
Mon cœur ſçait, du deſtin, recevoir une injure:
De la grandeur d'un frere, il ne s'irrite pas;
Et la couronne en vain brille de mille appas.
Sa perte ne fait point mon plus cruel ſupplice:
Eſt-ce là le ſeul bien que ce jour me raviſſe?

ANTIGONE.

Que dites-vous, Seigneur!

PTOLOME'E.

Pardonnez ce tranſport,
Madame, à la rigueur de mon funeſte ſort:
Lorſque j'ai tout perdu, daignez au moins entendre,
Juſques à quel excès mon malheur peut s'étendre;
Lorſqu'il faut pour jamais me ſéparer de vous,
Reconnoiſſez du moins le pouvoir de vos coups.
Que Pyrrhus eſt heureux! non de monter au trône;
Mais, hélas! d'obtenir la charmante Antigone!
Les Dieux me ſont témoins, ſi j'aurois ſouhaité
D'autre bien, d'autre honneur, d'autre félicité!
Ah! qui connoît le prix d'un cœur tel que le vôtre,
Peut-il, s'il le poſſéde, en deſirer quelqu'autre?

ANTIGONE.

Vous auriez dû, Seigneur, contraindre votre feu;
Et ne pas hazarder ce téméraire aveu.

Je ne veux pas pourtant accroître votre peine,
Ni me ressouvenir que je suis votre Reine ;
Et pour la soulager, je vous dirai bien plus :
Je prends part à vos maux ; j'estime vos vertus ;
Du thrône, de ma main, si j'eusse été maîtresse,
Peut-être que sensible à l'ardeur qui vous presse,
Mon cœur, pour vous, Seigneur, eût pû se déclarer.

PTOLOME'E.

Ah, Madame . . .

ANTIGONE.

Arrêtez, & cessez d'espérer.
Vous connoissez les loix, où nos traités m'obligent,
Et ce que ma vertu, ce que ma gloire exigent ;
Etouffez un amour qui blesse ce devoir ;
Et commencez surtout par ne me plus revoir.

SCENE III.

PTOLOME'E *seul.*

SErois-je aimé, grands Dieux ! eh, puis-je m'y méprendre ?
Que fais-je... hélas! pourquoi chercher à le comprendre!
Pourquoi, dans mon malheur, me voudrois-je assûrer
D'un retour, qui ne peut que me desespérer ?

Je ne dois desormais travailler qu'à t'éteindre,
Fatal amour ! ... mais quoi, suis-je le seul à plaindre?
Mon frere, dans ce jour, est-il moins malheureux !
Lorsque le Ciel enfin rend Téglis à ses vœux,
À sa gloire, à l'honneur du serment qui nous lie,
Ne faut-il pas qu'aussi Pyrrhus se sacrifie !
Observons ses desseins, & ceux d'Olimpias,
Ceux de Téglis ... son pere ici porte ses pas:
Il cherche cet objet qui coûta tant de larmes;
De leurs premiers transports, je troublerois les charmes,
Il le faut éviter.

SSSSSSSSSSSSSSSSSSSSSSSSSSSS

SCENE IV.

SOSTHENE *seul.*

L'Ai-je bien entendu !
À ce bonheur si grand, me serois-je attendu ?
Je reverrois Téglis ? quelle main secourable
Pourroit sécher les pleurs d'un pere déplorable ?
Mais c'est un faux rapport ! elle ne paroît pas;
Déja, vers ce palais, elle eût porté ses pas.
Je cours de tous côtés & rien ne se présente !
Ah! je la vois... grands Dieux, vous comblez mon attente!

SCENE V.

SOSTHENE, TEGLIS.

TEGLIS.

Ah ! Seigneur, permettez.....

SOSTHENE.

Ah, ma fille ! c'eſt vous ?
Que cet embraſſement, que ce retour m'eſt doux ?
Ah, Dieux ! qu'en renvoyant une fille ſi chere,
Je ſens, avec tranſport, la douceur d'être pere !
Par ta préſence, enfin mes vœux ſont exaucés ;
Et, de mon ſouvenir, mes maux ſont effacés.

TEGLIS.

Dans ce tendre moment, je n'ai pas moins de joïe !
Et je rends grace au Ciel du bonheur qu'il m'envoïe.

SOSTHENE.

Ah ! de combien de cris, de combien de regrets,
Ai-je fait rétentir les murs de ce Palais !
Mais par quel coup fatal vous avois-je perdue,
Et par quel heureux ſort m'êtes-vous donc rendue ?

TEGLIS.

Je revenois du Temple, où, non loin de ces lieux,
On offre ſon hommage au Souverain des Dieux ;

Déja l'affreuſe nuit, développant ſes ombres,
Couvroit tout l'Univers des voiles les plus ſombres,
Et, des flambeaux des Cieux, déroboit la clarté.
Cléonice & Phœnix marchoient à mon côté:
Juſtes Dieux! des cruels, dans un lieu ſolitaire,
Oſent porter ſur nous une main téméraire;
Et tandis que les uns s'oppoſent à nos cris,
D'autres, nous enlevant dans leurs bras ennemis,
Nous privent auſſi-tôt de la douce eſpérance,
De trouver du ſecours contre leur violence.

SOSTHENE.

Grands Dieux! ne pouviez-vous, en ce fatal moment,
Connoître les auteurs de cet enlevement?

TEGLIS.

Ils m'étoient inconnus: la nuit & le ſilence
Enhardiſſoient encor leur coupable inſolence.
Ils nous traînent ainſi juſques dans un vaiſſeau,
Qui fend, dès notre abord, l'humide ſein de l'eau;
Et le vent, des cruels, ſecondant la furie,
Preſqu'auſſi-tôt, l'Epire, à nos yeux, eſt ravie.
De mes cris redoublés, rétentiſſent les airs;
Je tente de m'ouvrir un tombeau dans les mers:
On s'oppoſe aux efforts de mes vives allarmes;
Mais on ne peut tarir la ſource de mes larmes.
Notre vaiſſeau flottoit au gré de leurs deſirs,
Et leur perfide joïe irritoit mes ſoupirs.

Après un mois enfin, de leur prison obscure,
Tous les vents échapés soulevent la nature :
Sous un nuage épais, le soleil s'obscurcit,
Et plonge l'Univers dans une horrible nuit :
Les élémens, entre eux, se déclarent la guerre ;
L'air ne raisonne plus que du bruit du tonnerre ;
Avec fureur, le feu, de son séjour, descend,
Il fait bouillonner l'onde & s'y perd à l'instant ;
L'eau s'irrite à son tour, se mutine & s'élance
Jusques aux régions où le feu prend naissance ;
Notre vaisseau devient, en ce désordre affreux,
De l'eau, du feu, de l'air, le jouet malheureux :
Par des rochers aigus, dans cette nuit profonde,
Le navire brisé se disperse sur l'onde.
Mais touché du péril qui menace mes jours,
Le fidéle Phœnix accourt à mon secours ;
Et bien-tôt par ses soins j'aborde le rivage,
Qui nous sauve tous deux d'un malheureux naufrage.

SOSTHENE.

Quel bientfait, juste Ciel !

TEGLIS.

Sur ces bords écartés,
Mes jours couloient, de trouble & d'horreur, agités.
Le sort, après un an, y conduit un navire,
Qui, reprenant bien-tôt la route de l'Epire,

M'a fait revoir des lieux à mon cœur ſi charmans,
Et me laiſſe jouir de vos embraſſemens.

SOSTHENE.

Je ne puis revenir de ma ſurpriſe extrême!
Et j'adore, des Dieux, la clémence ſuprême;
Ils ont, en ta faveur, ſignalé leur pouvoir;
Et leur bonté pour moi ſurpaſſe mon eſpoir.
Je veux, pour reconnoître un ſecours ſi propice,
Ordonner, pour demain, un pompeux ſacrifice.
Pourquoi le zéle ardent dont je me ſens brûler,
Dès l'inſtant, ne peut-il, grands Dieux, ſe ſignaler?
Mais l'hymen ſolemnel & la ſuperbe fête,
Qui, dans cet heureux jour, ſe publie & s'apprête,
De ma reconnoiſſance, éloigne un juſte effet.

TEGLIS.

Quel hymen, quelle fête, arrête ce projet?

SOSTHENE.

Pyrrhus monte aujourd'hui ſur le trône d'Epire;
Olimpias le nomme héritier de l'Empire;
Et, dans le même tems, achevant un traité,
Du ſang Etolien, tant de fois, cimenté,
Ma fille, il va donner la main à la Princeſſe.

TEGLIS *bas.*

Voilà le coup affreux que craignoit ma tendreſſe!
Ciel!

SOSTHENE.

Je vais chez la Reine, & dois, de ton bonheur,
Lui faire part, ma fille.

TEGLIS, *avec trouble.*

A la Reine, Seigneur!

SOSTHENE.

Quel trouble vous saisit!

TEGLIS.

Pensez-vous qu'avec joïe,
Dans l'Epire, Seigneur, la Reine me revoïe?
Quel autre.....

SOSTHENE.

Quel soupçon tu me fais concevoir!
Tu croirois.... par l'accueil que j'en vais recevoir,
Je verrai si ta crainte est justement placée,
Et je vais pénétrer au fond de sa pensée.

SCENE VI.

TEGLIS *seule.*

ENfin il est donc vrai, je n'arrive en ces lieux
Que pour être témoin d'un hymen odieux?
Ah! du moins si l'ardeur de monter sur le trône
Le déterminoit seule à l'hymen d'Antigone,
Si son cœur..... mais il vient....

SCENE VII.

PYRRHUS, TEGLIS.

PYRRHUS.

Est-il vrai, justes Dieux !
Téglis, je vous revois ! Puis-je en croire mes yeux ?

TEGLIS.

N'en doutez point, Seigneur ; oui, c'est Téglis, c'est elle,
Que ramene en ces lieux la fortune cruelle.

PYRRHUS.

Que dites-vous, que vois-je ! ô ciel, quelle froideur,
Madame ! me revoir, c'est pour vous un malheur !
Eh quoi, dans ce moment qui me comble de joïe,
M'enviez-vous le bien qu'un sort heureux m'envoïe !
Ouvrez les yeux, voyez Pyrrhus à vos genoux,
Pyrrhus, dont le bonheur est de vivre pour vous ;
C'est le plus tendre amant qui toujours vous adore,
Dont le sort est trop doux, si vous l'aimez encore.

TEGLIS.

Ce n'est plus à l'amour, Seigneur, de vous toucher ;
A de plus nobles soins, il faut vous attacher :
La gloire vous destine une plus digne épouse,
Suivez ses loix ; Téglis n'en sera pas jalouse.

PYRRHUS.

Qu'entens-je ! quoi, Madame, oseriez-vous penser
Qu'une autre, de mon ame, ait pû vous effacer !
Quoi, vous soupçonneriez qu'à l'absence insensible,
Mon cœur, d'une autre flâme, ait été susceptible ?
Est-ce donc là le prix dont vous récompensez
Les maux que j'ai soufferts, les pleurs que j'ai versez !
Quand je me livre entier à ce bonheur suprême,
Qui, vous offrant à moi, me rend tout ce que j'aime,
Lorsqu'après un long-tems, le Ciel nous réunit,
Par un cruel soupçon, votre cœur me punit ?

TEGLIS.

Parjure, sur le point d'épouser Antigone,
Vous vous plaignez encor que Téglis vous soupçonne !
Et par un vain rapport, par de tendres discours,
Vous voulez colorer vos nouvelles amours !
Mon cœur, ma main, de vous ne sont pas assez dignes ;
Le trône vous oblige à des nœuds plus insignes ;
Vous avez dû céder aux douceurs de régner,
Et mon dessein n'est pas de vous en éloigner ;
Mais j'espérois du moins qu'avant que de se rendre,
Votre ame....

PYRRHUS.

A ces discours, je n'ai pas dû m'attendre.
Hélas ! un seul moment, me suis-je démenti !
A ce fatal hymen, avois-je consenti !

C'eſt en vain qu'entraîné par l'honneur & la gloire,
Qu'occupé quelquefois du ſoin de ma mémoire,
Du ſceptre & des grandeurs, je voyois les appas;
Ils ébranloient mon cœur, mais ne le gagnoient pas;
Et votre ſouvenir plus puiſſant ſur mon ame,
En revenoit bien-tôt bannir toute autre flâme.
C'eſt en vain qu'en ce jour, par un choix ſolemnel,
La Reine m'élevoit au trône paternel,
Pour mon amour, en vain je vous croyois perdue;
Sans eſpérer qu'un jour, vous lui ſeriez rendue;
Loin que, d'un autre hymen, j'euſſe pû me lier,
J'étois prêt à l'inſtant à tout ſacrifier:
Cet amour ſans eſpoir, mes ſoupirs, mes allarmes,
Autant que ces grandeurs avoient pour moi de charmes.
Votre cœur eſt d'un prix à qui tout doit céder,
Et ma plus grande gloire eſt de le poſſéder.
Qu'un autre déſormais obtienne la couronne;
Qu'un autre ſoit choiſi pour l'époux d'Antigone!
De ces foibles honneurs, je ne ſuis point épris:
Grands Dieux! vous me rendez l'adorable Téglis;
Tous vos autres bienfaits, & tous ceux de ma mere
N'offrent plus, à mon cœur, rien qui puiſſe lui plaire.

TEGLIS.

Pardonne à mon amour cet aveugle tranſport;
Mon cœur s'eſt abuſé par le premier rapport.

Il

Il ne veut désormais expier cet outrage ;
Cher Prince, qu'en t'aimant, s'il se peut, davantage.
Cependant quel malheur me menace en ce jour !
Sort cruel ! à quels maux, réduis-tu mon amour !
Dures extrémités ! malgré notre tendresse,
Il faut que vous donniez la main à la Princesse,
Ou que, de la couronne, un indigne refus,
Me gardant votre foi . . .

SCENE VIII.

OLYMPIAS, PYRRHUS, TEGLIS.

OLIMPIAS (*en entrant.*)

JE vous cherchois, Pyrrhus !
(*à part.*)
Quoi, Téglis avec lui ! la fatale entrevûe !
(*à Teglis.*)
Par quel rare bonheur, nous êtes-vous rendue ?
Que le sort, à propos, presse votre retour !
Vous allez relever l'éclat de ce grand jour ;
Et vous ajouterez à la commune joïe,
Ce plaisir imprévû que le ciel nous envoïe.

TEGLIS.

Du destin, contre moi, si long-tems déchaîné,
Le barbare courroux, Madame, est terminé :
Je ne redoute plus ni ses coups, ni sa haine,
Puisqu'enfin mon retour a pû plaire à ma Reine.

SCÉNE IX.

OLIMPIAS, PYRRHUS.

OLIMPIAS.

Eh quoi, dans cet instant, qui doit combler vos vœux,
Prince, faudra-t-il donc vous presser d'être heureux ?
Vous ne répondez rien !... ah ! dissipez ma crainte ;
Détruisez le soupçon dont mon ame est atteinte !
Parlez, mon fils.

PYRRHUS.

Hélas !

OLIMPIAS.

Achevez....

PYRRHUS.

Je ne puis.

OLIMPIAS.

Ah ! que vous redoublez ma crainte & mes ennuis !

Expliquez-vous enfin ; c'est trop long-tems vous taire.

PYRRHUS.

Pourquoi tant me presser d'éclaircir ce mystere ?
Vous le pénétrez trop : Téglis est dans ces lieux ;
Et mon cœur....

OLIMPIAS.

Vous l'aimez !

PYRRHUS.

Je l'adore.

OLIMPIAS.

Grands Dieux !
D'un méprisable amour, vous seriez la victime !
Qu'osez-vous avouer ? quel espoir vous anime ?
Avez-vous oublié qu'aux pieds des saints autels,
Vous devez, à l'instant, par des nœuds éternels,
Engager votre cœur à celui d'Antigone ?
N'est-ce pas à ce prix que vous montez au thrône ?

PYRRHUS.

Du desir d'y monter, je ne suis point épris,
Si ma main, avec moi, n'y peut placer Téglis :
Je fais tout mon malheur de ce vain diadême
S'il faut que je l'acquiere en perdant ce que j'aime :
Nommez qui vous voudrez à ce sublime honneur,
Et laissez-moi du moins disposer de mon cœur.

OLIMPIAS.

Qu'entens-je ! quel langage ! ô Dieux ! puis-je le croire !
Le Fils de tant de Rois démentiroit sa gloire,

Et livré, sans rougir, aux plus funestes vœux,
Feroit passer sa honte à nos derniers neveux !
Quelle tache pour moi de n'avoir pû connoître,
Qu'un lâche, de l'Epire, alloit être le maître !

PYRRHUS.

De mes feux, vainement, vous blâmez les transports,
Je tenterois, contre eux, d'inutiles efforts :
Oui, je sens que mon cœur n'a point assez de forces,
Pour combattre l'amour; pour braver ses amorces :
Ai-je pû m'arracher à ses puissantes loix ?
Eh, quels sont les mortels toujours sourds à sa voix !
Aimer n'est point un crime; & ce n'est qu'un hommage
Que nous rendons aux Dieux dans leur plus digne ouvrage.
J'aime, c'est mon destin ; je ne puis l'éviter ;
Et cent trônes offerts ne sçauroient me tenter.

OLIMPIAS.

D'un tel aveuglement, je ne puis que te plaindre !
Mais, mon fils, en ce jour, ose un peu te contraindre ;
Paye ainsi l'amitié, qui toujours m'inspira :
Voi, de quel œil, bien-tot l'Univers apprendra
La folle passion dont ton ame est séduite :
La honte & le mépris en vont être la suite :
Voi les appas d'un trône ; une cour à tes pieds ;
Des peuples, sous tes loix, tremblans, humiliés,

Attendant leur bonheur de leur obéiſſance ;
Conſidére les fruits d'une auguſte alliance :
Et ſi tant de grandeurs ne peuvent te toucher,
Regarde à quel objet tu daignes t'attacher.
A peine un tendre hymen auroit ſuivi ta flâme,
Que mille affreux dégoûts accableroient ton ame ;
Tu ſentirois alors tout le poids de tes fers ;
Alors, tu pleurerois le ſceptre que tu perds :
Il n'en ſeroit plus tems ; un autre en ſeroit maître :
Quels remords, en ton cœur, cet objet feroit naître !
Dans cet abîme affreux, pourquoi te plonge-tu ?
Ouvre les yeux, mon fils, conſulte ta vertu ;
Plus il t'en coûtera pour cet effort inſigne,
Et plus, de commander, tu te montreras digne.
Mais c'eſt t'en dire trop : un cœur tel que le tien
Sçaura ſe dégager d'un funeſte lien ;
Et ſe rendra bien-tôt, rempliſſant mes promeſſes,
Fameux par ſes hauts faits, & non par ſes foibleſſes.
Je te laiſſe y penſer.

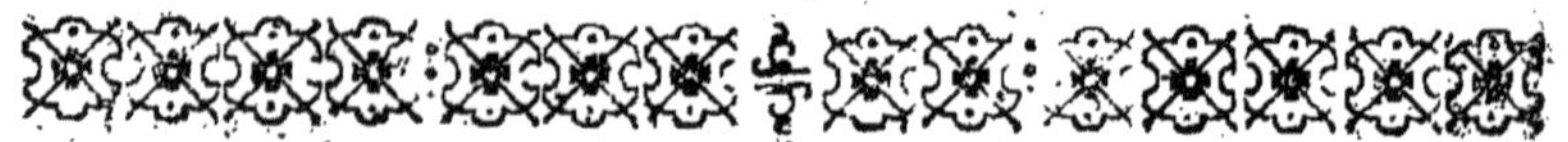

SCENE X.

PYRRHUS.

NOn, le dessein est pris !
Puisqu'après tant de pleurs le Ciel me rend Téglis,
Ce seroit mal répondre à sa bonté suprême
Que de lui préferer l'honneur d'un diadême.

Fin du second Acte.

ACTE III.

SCENE PREMIERE.

OLIMPIAS, DORIS.

OLIMPIAS.

QUE dois-je faire, ô Ciel! je ne sçais où je suis!
Et qui peut concevoir l'horreur de mes ennuis?
Infortuné Pyrrhus, où s'égare ton ame!
A ta gloire, à ton rang, préférer une femme!
Tout ce que je craignois, hélas! est arrivé;
Mon sang, à cette honte, étoit-il réservé?

DORIS.

Faut-il qu'à sa douleur, votre cœur s'abandonne?
N'êtes-vous pas maîtresse encor de la couronne?
Si Pyrrhus, démentant la gloire de son sang,
Ose ainsi, pour Téglis, descendre de son rang,
Pour punir les transports dont son ame est charmée,
Vous pouvez....

OLIMPIAS.

Oui, je puis couronner Ptolomée :
Je le puis, mais le dois-je ? entre dans mes projets;
De mes craintes, Doris, voi les justes sujets.
Je ne le nîrai point; un penchant invincible
A rendu, pour Pyrrhus, mon ame plus sensible;
Sa honte causeroit mon plus cruel ennui;
Et mes soins les plus doux n'agissent que pour lui.
Quoi, par un nouveau choix, approuvant sa foiblesse,
Puis je l'abandonner à sa folle tendresse?
Non, Doris, mon amour ne me le permet pas.
D'ailleurs, j'allumerois la guerre en mes Etats.
Le laissant à Téglis, l'ambitieux Sosthêne
Exigeroit de lui qu'il la fît Souveraine :
Et mon choix, pour ce Prince, hautement déclaré,
Seroit, pour la révolte, un prétexte assuré.
Pyrrhus est, dans ces lieux, plus aimé que son frere;
Plus que lui, complaisant, affable, populaire,
Par là, de mes sujets, il a gagné le cœur :
Sosthéne, d'un seul mot, pourroit en sa faveur,
Et même, malgré lui, soulever tout l'Empire,
Et, de troubles affreux, inonderoit l'Epire.
Je ne puis prévenir les maux que je prévoi,
Qu'en obligeant Pyrrhus à dégager ma foi :
Si le même interêt l'unit avec Sosthéne,
Tout est perdu, Doris; & ma promesse est vaine.

DORIS.

Cependant, si Pyrrhus s'obstine en ses refus.....

OLIMPIAS.

S'il s'obstine? ah! pour lors... mais ne différons plus,
Assurons-nous d'abord de Téglis, de son pere:
Que dis-je! il vaudroit mieux suspendre ma colére...
Oui, le Ciel me l'inspire: emploïons la douceur;
C'est le plus sûr moyen pour s'attirer un cœur.
D'un sujet trop puissant & qui m'est redoutable,
Flattons, pour les grandeurs, la soif insatiable;
Faisons tout pour sa fille; & cachons mon courroux.
Il faut que Ptolomée en devienne l'époux.

DORIS.

Quoi!...

OLIMPIAS.

Pour gagner Sosthêne & vaincre un feu funeste,
Je dois tenter encor ce moyen qui me reste.
Sans doute que l'honneur, où je veux l'élever,
Comblera les desirs qui l'ont pû captiver.
Heureux Rois, que seconde un Ministre fidéle,
Qui, dans tous ses desseins, guidé par un pur zéle,
D'une injuste grandeur, fuyant le vain éclat,
Ne songe qu'au bonheur du peuple & de l'Etat;
Que l'élévation, sans ce bien, importune;
A qui ce bien tient lieu de trésor, de fortune,
De famille, d'honneurs, de parens & d'amis,
Et borne tous les vœux dont son cœur est épris!

Si tel étoit Sosthêne, hélas! loin de me plaindre,
D'un odieux amour, je n'aurois rien à craindre;
Et sans être gagné par de nouveaux bienfaits,
Lui-même en préviendroit les funestes effets.
O vous, qui connoissez les motifs qui me guident,
Grands Dieux! à mes desseins que vos secours président!
Ne me réduisez pas à la nécessité,
D'avoir enfin recours à la sévérité!
(*à Doris.*)
Va, fais venir Sosthêne:

DORIS.

Il s'approche, Madame.

SCENE II.

OLIMPIAS, SOSTHENE.

OLIMPIAS.

UN plaisir imprévû vient de toucher mon ame,
Sosthêne, en aprenant que, dans cet heureux jour,
Votre fille, en ces lieux, est enfin de retour.

SOSTHENE.

Désarmés par les pleurs du plus malheureux pere,
Les Dieux ont appaisé leur injuste colere.

OLIMPIAS.

Pour mieux calmer vos maux, sur Téglis, & sur vous,
Je veux faire éclater mes bienfaits les plus doux.

SOSTHENE.

Que pouvez-vous encor? votre main bienfaisante
A, depuis si long-tems, surpassé mon attente,
Qu'il ne me reste rien, Madame, à desirer.

OLIMPIAS.

Non, non, j'ai trop peu fait: je veux le réparer.
Je dois récompenser la valeur & le zéle
D'un sujet vertueux, à son devoir fidéle.
La plus haute vertu, pour l'homme, est un devoir,
Les Dieux daignent pourtant épuiser leur pouvoir,
A rendre heureux, un jour, le mortel qui s'y livre:
Cet exemple des Dieux, les Rois doivent le suivre.
Heureuse, de pouvoir payer avec éclat,
Vos soins & vos travaux pour le bien de l'Etat!

SOSTHENE.

Ah! Madame....

OLIMPIAS.

Pyrrhus succede à la couronne,
Et doit, en cet instant, épouser Antigone:
Un fils me reste encor; je le donne à Téglis;
De ce que je vous dois, voilà le digne prix:
Je ne puis trop permettre à ma reconnoissance;
Et je ne puis, trop haut, mettre la récompense.

SOSTHENE.

Je vois, avec transport, cet excès de bonté;
Et, d'un honneur si grand, mon cœur est trop flatté:
Plus il est éclatant, plus je me sens confondre;
Madame, à vos bienfaits, comment puis-je répondre!

OLIMPIAS.

En imposant silence à de funestes feux:
Jusqu'au cœur de Pyrrhus, Téglis porte ses vœux.

SOSTHENE.

Téglis! que dites-vous?

OLIMPIAS.

Que prétend son audace?
Veut-elle que Pyrrhus, sur le trône, la place!
Veut-elle qu'il renonce à l'honneur d'être Roy?
Car enfin vous sçavez ce qu'exige ma foy;
Puis-je....

SOSTHENE.

Ne craignez rien d'un amour téméraire;
Je suis sujet, Madame, avant que d'être pere:
De Pyrrhus, de l'Etat, la gloire & le bonheur,
Même contre mon sang, l'emportent dans mon cœur.
Son ame, pour ce Prince, est en vain enflâmée,
Ma fille recevra la main de Ptolomée.

OLIMPIAS.

A s'élever trop haut l'on risque d'échouer:
Mais, d'un si grand bienfait, elle doit se louer.

Et vous-même, voyez si jamais les Monarques,
Plus loin, de leur estime, ont sçû porter les marques;
Et si quelque sujet, par degrés élevé,
A ce comble de gloire, est jamais arrivé ?
De mon affection, cette preuve nouvelle,
Sosthêne, doit du moins redoubler votre zéle.

SCENE III.

SOSTHENE *seul.*

MA fille aime Pyrrhus ! à ce superbe amour,
Je reconnois le sang qui lui donna le jour !
Le plus flateur espoir.... mais en est-elle aimée?
Puis-je en douter? la Reine en est trop allarmée.
Je lis dans tes desseins, perfide Olimpias,
Et tous tes vains détours ne m'abuseront pas:
J'ouvre les yeux enfin : ce fut par ta furie,
Que, si cruellement, Téglis me fut ravie;
Et tu crois aujourd'hui, par ta feinte bonté,
Appaiser la fureur de mon cœur irrité;
Et, pour un foible honneur, que Sosthêne abandonne,
Le désir de placer sa fille sur le trône?
Non, non, j'ai trop souffert : tu m'as trop outragé;
D'un affront si sanglant je dois être vengé.

De tes lâches ſoupçons, Téglis fut la victime;
L'amour nous vengera, ſi l'amour fut ſon crime.
Diſſimulons pourtant, & cachons-nous ſi bien,
Que, de nos ſoins ſecrets, l'on ne ſoupçonne rien:
Trompons même Téglis; pénétrons dans ſon ame;
Que l'hymen projetté deſeſpére ſa flâme:
Mettre obſtacle à l'amour, c'eſt lui prêter des feux;
C'eſt plus étroitement en reſſerer les nœuds.

SCENE IV.

SOSTHENE, TEGLIS.

SOSTHENE.

APprochez-vous, Téglis, que me fait-on entendre?
A l'amour de Pyrrhus, vous oſeriez prétendre?
Et, ſans l'aveu d'un pere, engageant votre foi,
Vous pourriez aſpirer au cœur de votre Roi?

TEGLIS.

Je ne le puis nier: pouvois-je m'en deffendre?
Si, vers moi, de Pyrrhus, les vœux daignent deſcendre,
Mon cœur peut-il, Seigneur, ne les pas approuver;
Les miens doivent-ils pas juſqu'à lui s'élever?

SOSTHENE.

Non, le ſang d'un ſujet, quelque beau qu'il puiſſe être,
Eſt trop vil pour s'unir à celui de ſon maître.

La Reine cependant, par ſon affection,
Permet encor aſſez à votre ambition :
Toujours, de mes travaux, de mes ſoins, plus charmée,
Elle vous veut, ma fille, unir à Ptolomée.
Etouffez donc enfin un téméraire amour ;
Je l'ordonne ; & ſongez qu'il vous faut, en ce jour,
Relever votre ſort par cet hymen auguſte.

SCENE V.

TEGLIS *ſeul.*

AH ! que m'ordonnes-tu, barbare ! .... pere injuſte,
De quel plus rude coup, pouvois-tu m'accabler,
De l'exil, des dangers, je n'avois pû trembler ;
Mais, Dieux ! en ce moment, mon ame intimidée,
De ce fatal hymen, ne peut ſouffrir l'idée !
Grands Dieux ! quand, dans les flots, j'allois trouver la mort,
Pourquoi vous oppoſer à la rigueur du ſort ?
Il m'eût été plus doux de perdre alors la vie,
Que d'être en proïe aux maux dont je ſuis pourſuivie.
Je le voi trop, Pyrrhus, je ne puis être à toi :
Tout, juſqu'à mon amour, m'en impoſe la loi :
Hélas ! j'aimerois peu, je ſerois trop cruelle,
Si je te laiſſois perdre un trône où l'on t'appelle.

SCENE VI.

PYRRHUS, TEGLIS.

PYRRHUS.

ENfin, belle Téglis, de l'amour de Pyrrhus,
Et de ſon changement, vous ne vous plaindrez plus :
Mes feux ont éclaté même aux yeux de la Reine ;
Elle m'offroit envain la grandeur ſouveraine...

TEGLIS.

Qu'avez-vous fait, Seigneur ?

PYRRHUS.

Quoi, vous me condamnez ?

TEGLIS.

Ah ! ſongez aux honneurs que vous abandonnez !

PYRRHUS.

Quel langage nouveau me faites-vous entendre !
Votre amour ſeroit-il plus timide, ou moins tendre ?

TEGLIS.

Pourriez-vous le penſer ! mon cœur n'a pas changé ;
Et ſous les mêmes loix, il eſt toujours rangé ;
Toujours tout mon bonheur & ma plus douce envie
Sont de vous conſacrer tous les jours de ma vie.
Mais quand votre intérêt s'oppoſe à tous mes vœux,
Ce cœur tendre doit-il n'être plus généreux?

Si

Si tantôt, à vos yeux, allarmée, inquiette,
Je n'ai pû déguiser une crainte secrette;
Si je vous reprochois votre manque de foi,
Ma tendresse, pour lors, ne regardoit que moi.
Voulez-vous que, pour prix d'une flâme si belle,
Je souille votre nom d'une tache éternelle?
Que, d'un tel sentiment, mes vœux sont éloignés!
Aimez-moi, je l'exige; aimez-moi; mais régnez.

PYRRHUS.

Non non, sur votre cœur tout mon bonheur se fonde;
J'aime mieux l'obtenir que l'empire du Monde.

TEGLIS.

Que ces tendres discours, en des tems plus heureux,
Ranimeroient, Seigneur, & combleroient mes vœux!
Mais enfin, trop long-tems, c'est vous laisser séduire;
C'est trop croire un espoir qui ne peut que vous nuire;
Nous ne vivrons jamais dans un même lien;
L'hymen n'unira point votre sort & le mien;
Il faut nous séparer; hélas! tout le demande;
Votre gloire l'attend; mon devoir le commande.

PYRRHUS.

Eh! l'amour connoît-il une gloire, un devoir,
Qui ne doive, Téglis, céder à son pouvoir!
Cependant, à mes vœux, quel devoir vous arrache?

TEGLIS.

O Dieux! au sort d'un autre, on veut que je m'attache;

Vous seul, montant au trône, au lieu d'y renoncer,
De ce cruel devoir, pourrez me dispenser.

PYRRHUS.

Ah ! sans former des nœuds que mon ame déteste,
Je sçaurai m'opposer à ce projet funeste !
Et quel heureux mortel doit être votre époux ?
Quel ordre, quel pouvoir, qui dispose de vous ?

TEGLIS.

Un pouvoir légitime ; & la Reine, & mon pere ;
Ils m'ordonnent, tous deux, d'épouser votre frere.

PYRRHUS.

Ptolomée ! ah, grands Dieux !... quel soupçon.. frere ingrat,
Quoi, contre mon amour, un si noir attentat,
De ma tendre amitié, seroit la récompense ?
Ne crains-tu pas l'effet de ma juste vengeance ?
Mais pourquoi m'allarmai-je, & dequoi m'émouvoir ?
Cet hymen doit plûtôt réveiller mon espoir :
Si la Reine prétend vous accepter pour fille,
Et vous veut, en ce jour, unir à sa famille,
Ne verra t'elle pas accomplir son dessein,
Si, de l'heureux Pyrrhus, vous recevez la main ?

TEGLIS.

Cessez de vous flatter d'une espérance vaine :
La Reine, en me liant de cette auguste chaîne,
Prétend moins signaler son amitié pour moi,
Que séparer nos cœurs & vous ravir ma foi :

Par de feintes faveurs, sa colere m'accable;
Elle est, de notre amour, l'ennemie implacable:
Quelle autre a pû, Seigneur, m'enlever à vos yeux,
Et, si cruellement, m'arracher de ces lieux?

PYRRHUS.

Ah! si je le croiois... Eh quoi, tout se souleve!
Parens, amis! hélas!..... destin barbare, acheve!
Viens, contre nous, encor armer tout l'Univers;
Viens épuiser sur moi la rage des Enfers;
Et m'accabler de coups encor plus redoutables!
Toujours mes sentimens seront inébranlables;
Les malheurs augmentant accroîtront mon amour.
Tu me peux, à ton gré, cruel, priver du jour;
Mais tu ne peux jamais étouffer une flâme,
Qui seule anime, embrase & posséde mon ame.

TEGLIS.

Ah! modérez, Seigneur, modérez ce transport;
Hélas! cédons plûtôt à la rigueur du sort.
De la Reine, sur moi, tomberoit la colere:
Ah! quelle horreur pour vous, si sa haine sévere,
En répandant mon sang, vous privoit à jamais.....
Je ne crains point la mort, la vie à mes souhaits
Ne sçauroit plus, Seigneur, offrir rien d'agréable;
Mon sort sera, sans vous, toujours plus déplorable;
Mais n'importe, mes yeux vous verront quelquefois;
Ils seront les témoins de vos fameux exploits;

Tout mon cœur.... je m'égare, & mon ame étonnée....
Adieu, Prince; songez que, dans cette journée,
Il vous faut, de la gloire, applanir le chemin,
Où Ptolomée, hélas! .... va recevoir ma main.

SCENE VII.

PYRRHUS, *seul.*

NOn, je mourrai cent fois plûtôt que de souscrire
A ces ordres cruels que vous m'osez prescrire.
Hélas! vous soupirez en me les annonçant;
Et je vous trahirois en vous obéissant.
Ce jour ne verra point mon hymen, ni le vôtre,
Et je sçaurai sans doute éloigner l'un & l'autre.
Que dis-je, malheureux! ainsi donc, dans ton cœur,
De la gloire, l'amour demeurera vainqueur!
Ah, prens enfin des soins que l'Univers contemple!
Téglis même, Téglis t'en donne un bel exemple:
Malgré ses feux pour toi, sa générosité
Lui fait, de tes projets, haïr la lâcheté.
Pourras-tu moins!.... hélas! cet effort admirable
La présente, à mes yeux, encor plus adorable!
C'est, pour mon triste cœur, le lien le plus fort;
Amour, pour m'accabler, c'est ton dernier effort!

SCENE VIII.

PYRRHUS, PTOLOME'E.

PTOLOME'E.

PErmettez-moi, Seigneur ....

PYRRHUS.

Que me veux-tu, perfide?
Eh quoi, ne crains-tu pas le transport qui me guide?

PTOLOME'E.

Que vois-je? quels regards! quel nom me donnez-vous!

PYRRHUS.

Tu parois étonné d'un si juste courroux!

PTOLOME'E.

Puis-je ne l'être pas! qui le rend légitime?
Non, non, je n'ai, Seigneur, à rougir d'aucun crime.

PYRRHUS.

Tu romps, de l'amitié, le plus sacré lien;
Et ton cœur, en secret, ne te reproche rien?
Pourquoi dissimuler? crois-tu que je l'ignore?
Tu prétens, à mes vœux, ravir ce que j'adore.

PTOLOME'E.

Moi!

PYRRHUS.

Vous, qui, secondé du pouvoir souverain,
Exigez que Téglis reçoive votre main.

PTOLOME'E.

J'ai demandé sa main! Dieux! quelle est ma surprise!
D'aucun feu, pour Téglis, mon ame n'est éprise;
Autant que vous, Seigneur, j'ai lieu d'être allarmé,
Et, pour un autre objet, mon cœur est enflâmé;
Des charmes d'Antigone, il n'a pû se deffendre;
Mais j'immolois ma flâme, & cessois d'y prétendre.

PYRRHUS.

Qu'entens-je! ah! pardonnez à mes transports jaloux!
Je rougis, à vos yeux, d'un aveugle courroux:
Je craignois, il est vrai, que Téglis, dans votre ame,
N'eût allumé, Seigneur, une trop vive flâme.
Je crois qu'en la voyant, tous les cœurs enchantés,
Comme moi, doivent être épris de ses beautés.
Lorsque, de mes soupçons, vous montrez l'injustice,
Dans de cruels remords, j'en trouve le supplice;
De mes égaremens, daignez avoir pitié,
Mon frere, je vous rends toute mon amitié;
Mais c'est peu, recevez encor une couronne,
Que je ne puis payer par l'hymen d'Antigone.
Charmé que, dans mon frere, un destin trop fatal
Ne me présente point un odieux rival,
Voudrois-je, pour le prix d'une amitié si chére
Le priver du seul bien capable de lui plaire?

PTOLOMÉE.

Votre honneur m'est trop cher; je ne veux pas, Seigneur,
Sur ses honteux débris, élever ma grandeur :
La Reine a prononcé: c'est vous que, pour mon maître,
Le devoir desormais m'ordonne de connoître:
Heureux, si je pouvois, libre de mon amour,
A la seule amitié, me livrer en ce jour;
Si je pouvois vous voir ceint de ce diadême,
Sans qu'il m'en dût couter le seul objet que j'aime.
Oui, je ne cherche pas, Seigneur, à le cacher;
Je tremble, je frémis de me voir arracher
Un bien que ma vertu veut que je sacrifie:
Mais je n'hésite pas, m'en coutât-il la vie.
Eh! puisque, du destin, tel est l'ordre sur nous,
Que la Gloire combat nos desirs les plus doux,
En domptant notre amour, donnons un grand exemple
Que l'Univers entier, que l'avenir contemple;
Qu'un triomphe si beau, digne même des Dieux,
Rende nos noms, mon frere, à jamais glorieux.

PYRRHUS.

Ces nobles sentimens, que tout mon cœur admire,
Vous rendent trop, Seigneur, digne de cet Empire.
Je brûle de les suivre; & je dois l'avouer,
De mes plus grands efforts, l'amour sçait se jouer.

PTOLOMÉE.

Eh quoi, vous oseriez lui céder la victoire ?

PYRRHUS.

Est ce donc, sans retour, que j'immole ma gloire !
Si l'amour, aujourd'hui, me force à la ternir,
Quoi, par d'autres chemins, ne puis-je y parvenir ?
Ne nous reste-t-il plus d'ennemis à réduire,
De Rois à protéger; de Tyrans à détruire !
Contre nous, l'Etolie arme encore une fois :
Quelle vaste carriere à d'immortels exploits !
Rome, la fiere Rome, insolemment nous brave,
Et regarde un Monarque au-dessous d'un esclave :
Vengeons nos droits sacrés ; punissons son orgueil ;
Que notre bras vainqueur creuse enfin son cercueil :
Notre Ayeul commença, finissons son ouvrage ;
Faisons, avec son nom, revivre son courage.
Voilà, par quels travaux, je prétens effacer
La honte, où mon amour semble ici m'abaisser.
Les cœurs touchés des soins dont la gloire les presse
Conservent leur grandeur jusques dans leur foiblesse;
Et vaincus, sans jamais le céder au vainqueur,
De leur chûte, souvent tirent tout leur honneur.
Non, non, l'amour envain dispose de mon ame,
Je sçaurai réparer les erreurs de ma flâme.

SCENE IX.

PTOLOME'E *seul.*

NE l'abandonnons point ; & tâchons, en ce jour,
D'accorder l'amitié, les grandeurs & l'amour.
Raiſon, vertu, devoir, que vous avez de charmes !
Mais qu'en un triſte cœur, vous ſuſcitez d'allarmes,
Quels combats!... ah ! peut-on payer à trop haut prix
La gloire & le bonheur de vous être ſoumis ?

Fin du troiſiéme Acte.

ACTE IV.

SCENE PREMIERE.

SOSTHENE *seul.*

Nfin, en ma faveur, le destin se déclare;
A seconder mes vœux, tout ici se prépare.
Je n'aurai qu'à parler; les peuples prévenus
Couronnent aussi-tôt ma fille avec Pyrrhus.
C'est elle! il n'est pas tems qu'à ses yeux je me montre;
Evitons-la.

SCENE II.

SOSTHENE, TEGLIS.

TEGLIS.

Seigneur, vous fuyez ma rencontre!
Quoi, me refusez-vous un reste d'amitié;
Mon pere, ai-je perdu jusqu'à votre pitié?

SOSTHENE.

Que pensez-vous, Téglis! vous m'êtes toujours chere:
Vous n'avez point perdu la tendresse d'un pere:
Je vous plains; je vous aime; & les Dieux sont témoins
Que vous êtes l'objet de mes plus tendres soins.
Mais pourquoi, dans ces lieux, m'arrêter par vos larmes;
Et me rendre témoin de ces vaines allarmes!
Les momens me sont chers; je dois en profiter,
Pour vous prouver l'amour dont vous osez douter.
D'un hymen glorieux, déja l'instant s'approche;
Si je ne le hâtois, par un juste reproche,
Vous pourriez quelque jour.....

TEGLIS.

Et c'est donc là, Seigneur,
L'amour & la pitié qui touchent votre cœur!
Desespérant vous-même un feu qui me dévore,
C'est vous seul qui hâtez cet hymen que j'abhorre:
Ah! laissez-vous, mon pere, attendrir par mes pleurs;
Cessez de mettre enfin le comble à mes malheurs.
Pyrrhus obéïra; je consens qu'Antigone,
Plus heureuse que moi, partage sa couronne;
Ce triste hymen, par moi, lui vient d'être ordonné;
Je sçai trop que, pour lui, mon cœur n'étoit pas né.
N'est-ce donc pas assez de la douleur extrême,
De voir une rivale obtenir ce que j'aime;
De le céder moi même, & le perdre à jamais;
Voulez-vous me livrer à tout ce que je hais?

SOSTHENE

Quoi, ma fille, est-il vrai qu'étouffant sa tendresse,
Pyrrhus consente enfin d'épouser la Princesse?

TEGLIS.

Son amour s'en étonne; il murmure, il gémit;
Mais, Seigneur, c'est en vain que son cœur en frémit;
A sa gloire, à mes loix, il faut qu'il obéïsse:
Pour prix de mon amour, je veux ce sacrifice;
Il sçait la fermeté d'un cœur tel que le mien;
Et ne peut espérer d'unir mon sort au sien.
Pour moi, d'Olimpias, il craindra la colere;
Il craindra que moi-même, à l'hymen de son frere,
Je n'ose, par vertu, me soumettre à mon tour.

SOSTHENE.

Ah! s'il brûle pour vous d'un véritable amour,
Il vous garantira de la douleur mortelle.....

TEGLIS.

Hélas! & que peut-il? la fortune cruelle
A pris soin d'épuiser sa fureur sur nous deux:
Un obstacle éternel s'oppose à tous nos vœux:
Il ne peut rien pour moi, sans offenser sa gloire;
Sans céder à l'amour une triste victoire:
Et sa gloire, Seigneur, est trop chére à mes yeux:
Des nœuds de mon amour, c'est le plus précieux?
S'il pouvoit la souiller, aussi-tôt, de mon ame,
Vous verriez, à jamais, s'évanouir ma flâme.

C'est à des cœurs communs, interessés, sans foi,
D'aimer sans nulle estime, & seulement pour soi;
L'effort de la vertu, c'est de sçavoir soi-même,
S'immoler à l'honneur de l'objet que l'on aime.
Voilà mes sentimens: pour vous en assurer,
De ce fatal séjour, daignez me retirer:
Qu'une éternelle absence acheve ma victoire;
Que, de mon triste amant, elle assure la gloire,
Et, pour tout dire enfin, qu'elle assure, en ce jour,
Les vœux d'Olimpias, trahis par mon retour.

SOSTHENE.

Votre repos, ma fille, est ce que je souhaite:
Appaisez vos douleurs; vous serez satisfaite:
Allez, voyez Pyrrhus; portez-lui vos adieux;
Dites-lui qu'à jamais, vous partez de ces lieux:
J'y consens.

TEGLIS.

Ah! Seigneur, je retrouve mon pere!
Voilà, de votre amour, la marque la plus chere.
(*à part.*)
Du moins, si tu ne peux, cher Pyrrhus, être à moi,
Téglis ne vivra point pour un autre que toi.

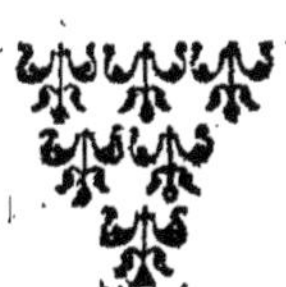

SCENE III.

SOSTHENE *seul.*

J'Engage ainsi Pyrrhus à seconder mon zéle;
Mais si toujours ce Prince à son devoir fidéle,
N'osoit... qu'en puis-je craindre! il aime; & dans mes mains,
De son cœur amoureux, je tiens, seul, les destins!
Je ne prends plus ses loix; c'est moi qui lui commande;
L'amour me l'asservit; il faudra qu'il se rende:
Je sçaurai... mais déja, lui-même vient à nous.

SCENE IV.

PYRRHUS, SOSTHENE.

PYRRHUS.

SOsthêne, mon bonheur ne dépend que de vous.
Quand, du sein paternel, Téglis fut arrachée,
Peut-être, plus que vous, mon ame en fut touchée;
Je vous cachois mes feux, en attendant qu'un jour,
Je fisse, par l'hymen, éclater mon amour.
Rien ne me retient plus; le Ciel même m'approuve;
Tout me lie à son sort, puisque je la retrouve

Dans le fatal moment qu'un projet inhumain
Vouloit porter ailleurs & mon cœur, & ma main.
Les Héros comme vous, dont la valeur illustre,
Du trône de leur maître, a soutenu le lustre,
Dont les sages conseils font adorer ses loix,
Sont faits pour s'allier au sang des plus grands Rois.
A mes tendres desirs, c'est à vous de souscrire;
Venez hâter les nœuds pour qui seuls je soupire.

SOSTHENE.

Que me demandez-vous! me connoissez-vous bien?
Moi, je consentirois à ce fatal lien!
Je pourrois approuver une honteuse chaîne,
Qui vous fait mépriser la grandeur souveraine?
Non, Prince, non; en vain, jusques au sang des Dieux,
Vous voyez remonter le sang de vos Ayeux;
Cette haute naissance honore peu ma fille;
Et j'aime beaucoup mieux placer dans ma famille,
Un mortel vertueux, qui, né pour obéir,
Mais, des seules grandeurs, se laissant éblouir,
Montreroit des vertus dignes du diadême,
Qu'un Prince, qui, formé pour cet honneur suprême,
Par un aveugle amour, a démenti son sang,
Et, pour une maîtresse, abandonne son rang.
Je connois mon devoir; & dès cette journée,
Téglis sera, de vous, à jamais éloignée:
Votre gloire l'ordonne; adieu, Prince.

PYRRHUS.

Arrêtez :
Pourquoi vous armez-vous de tant de cruautés ?
En croirez-vous toujours une vertu farouche ?
Barbare, mon amour n'a-t il rien qui vous touche ?

SOSTHENE.

Aux ſentimens humains, mon cœur n'eſt point fermé,
J'excuſe des tranſports qui vous ont trop charmé ;
Mais ce qu'exige ici votre gloire & la mienne,
L'emporte dans mon cœur ſur une pitié vaine.

PYRRHUS.

Eh ! quoi, ne peut-on plus être grand ſans régner ;
Et, pour y parvenir, faut-il tout dédaigner ?
La fiere ambition n'eſt-elle plus un vice ;
Dois-je, de mon amour, lui faire un ſacrifice ?

SOSTHENE.

Eſt-ce être ambitieux que ſoutenir ſon rang ;
Que défendre les droits que nous donne le ſang ?
Ce ſoin eſt, d'un grand cœur, la plus illuſtre marque ;
Regner eſt un devoir pour le fils d'un Monarque :
Plûtôt que de céder le trône, il doit mourir ;
La honte eſt d'en deſcendre & non pas d'y périr.
Voilà les ſentimens que votre ame doit ſuivre :
Ah ! ſans plus héſiter, Seigneur, qu'elle s'y livre !

PYRRHUS.

Eh bien, Soſthêne, eh bien, je ſçaurai vous montrer
Que, malgré mon amour, l'honneur peut m'inſpirer !

Le

Le fier Etolien s'arme contre l'Epire;
Je vais porter la flâme au sein de son Empire;
Le vaincre, le dompter, sur ses Etats conquis;
Couronner, avec moi, l'adorable Téglis.

SOSTHENE.

Je veux que le succès réponde à l'entreprise;
Que bien-tôt l'Etolie, à vos loix, soit soumise!
Sur ce trône étranger, comment vous soutenir;
Vous, qui, de vos Etats, aurez pû vous bannir?
Devez-vous écouter ces projets téméraires!
Non, c'est un plus haut rang, c'est le rang de vos peres;
C'est un trône plus ferme, où vous devez monter;
Et la gloire & l'honneur, tout doit vous y porter.
Sans aller entreprendre une vaine conquête,
La couronne, en ces lieux, est, pour vous, toute prête;
Vous n'avez qu'à paroître, ou qu'à dire un seul mot;
Seigneur, sur votre tête, on la met aussi-tôt.
Tout le Peuple est pour vous; il se plaint, il murmure;
Il veut que l'on respecte un droit de la nature:
Impatient déja de vous avoir pour Roi,
Ce n'est que de vous seul qu'il veut prendre la loi.
Ah! ne balancez point; profitez de son zéle;
Venez; vous allez voir un peuple si fidéle,
Faire éclater, pour vous, ses sentimens secrets.
Ne pensez pas pourtant que, pour mes interêts,

E

Ou, pour l'honneur de voir le ſceptre en ma famille,
Je vienne vous preſſer de couronner ma fille?
Que de plus tendres ſoins, m'arment pour ſon ſecours!
Je ne ſonge, Seigneur, qu'à défendre ſes jours.

PYRRHUS.

Quelle main oſeroit attenter ſur ſa vie?

SOSTHENE.

Sur un ſimple ſoupçon, elle vous fut ravie;
Et quand vous ſignalez l'amour le plus conſtant,
Vous douteriez encor du deſtin qui l'attend!
Hélas! il eſt trop vrai; Seigneur, daignez m'en croire;
Vous perdez à jamais Téglis, & votre gloire;
Si vous brûlez d'unir vos jours avec les ſiens,
Le trône en peut, lui ſeul, aſſurer les liens:
Si vous en deſcendez, ſa mort eſt aſſurée;
Et peut-être, déja, la Reine l'a jurée:
J'en frémis... le tems preſſe; en l'ôtant de vos yeux,
Je dois parer le coup qui l'attend en ces lieux.

PYRRHUS.

Quel trouble, en ce moment, dans mon ame, s'éléve!

SOSTHENE.

Vous tremblez du péril! il eſt tems que j'achéve,
Et ce trouble, Seigneur, m'apprend ce que je doi.

PYRRHUS.

Où ſuis-je! quelle horreur!..

SOSTHENE.

Repoſez-vous ſur moi.

PYRRHUS.

La Reine vient!

SOSTHENE.

O Ciel!

SCENE V.

OLIMPIAS, SOSTHENE, PYRRHUS.

OLIMPIAS *au fond du Théatre.*

MA présence les trouble!
Quel soupçon j'en conçois! que ma crainte redouble!
(à Sosthêne.)
Sosthêne, eh bien, le Prince est-il déterminé
A monter sur le trône, où je l'ai destiné?
Que lui conseillez-vous!

SOSTHENE.

N'en doutez point, Madame!
Je venois ranimer la vertu dans son ame;
Et je crois qu'à la gloire, il va rendre, en ce jour,
Tout ce qu'elle est en droit d'exiger de l'amour.

OLIMPIAS.

Et Téglis?

SOSTHENE.

A mes loix, elle est prête à se rendre.

OLIMPIAS.

Il suffit.

SCENE VI.

OLIMPIAS, PYRRHUS.

OLIMPIAS.

VEnez donc; c'est trop long-tems attendre;
Antigone, à l'Autel, me demande un époux;
Allons, mon fils.

PYRRHUS.

O Ciel! que me proposez-vous?

OLIMPIAS.

Quoi, rien ne pourra donc te désiller la vûe!
Sans relâche abreuvé, d'un poison qui te tue,
Insensible à mes pleurs, & sourd à mes soupirs,
Tu ne te rendras point à de nobles desirs?
Lorsqu'avec tant d'ardeur, je travaille à ta gloire,
Toi seul, dédaignes tu le soin de ta mémoire?

(Elle regarde attentivement Pyrrhus qui paroît dans un trouble extrême, & qui ne répond rien; reprenant aussi-tôt.)

C'en est trop, justes Dieux! fils indigne de moi,
Je ne te dis plus rien; suis une infame loi:
Cours te livrer entier à la beauté fatale,
Pour qui, ton fol amour t'abaisse, te ravale;
Va lui sacrifier ton nom, ta liberté:
Mais tremble.... je pourrois punir ta lâcheté.

PYRRHUS.

Ah! sans que votre bouche ici me le déclare,
Je sçais trop ce que peût votre fureur barbare!
Mais si, pour m'asservir à d'odieuses loix,
Vous m'enleviez Téglis une seconde fois;
Si vous osiez, sur elle, étendre votre haine,
Ne croyez pas qu'alors le respect me retienne;
Je ne connoîtrois plus ni raison, ni devoir:
Vous voyez mon amour... craignez mon desespoir.

SCENE VII.

OLIMPIAS *seule.*

OU suis-je! quelle audace! & que viens-je d'entendre!
Est-ce Pyrrhus; ce fils si soumis & si tendre!
Quel démon, aujourd'hui, s'empare de son cœur?
Peu content d'immoler sa gloire, son bonheur,

Le perfide, pour plaire à l'objet qu'il adore,
Oseroit, en ce jour, sacrifier encore,
Et le devoir de fils, & celui de sujet?
Mais comment a-t-il pû découvrir mon secret?
Ah! je vois qu'il est tems qu'éclate ma vengeance!
Trop de bonté me nuit; punissons qui m'offense!

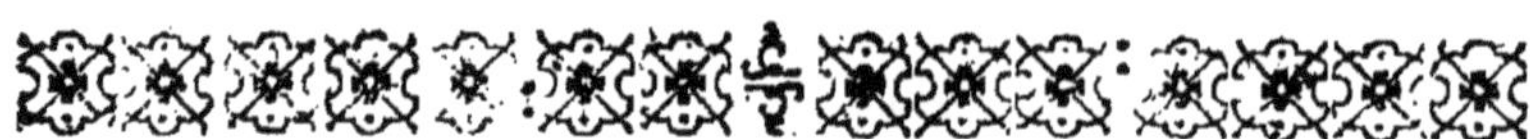

SCENE VIII.

OLIMPIAS, MITRANE.

MITRANE.

En faveur de Pyrrhus, le peuple est révolté,
Madame; chacun s'arme, on court de tout côté:
Déja, des plus mutins, une troupe hardie,
Sur la garde du Fort, signale sa furie:
Ils veulent que Pyrrhus dispose de sa foi,
Et par tout, à grands cris, on le proclame Roi:
C'est lui seul, en un mot, qu'ils demandent pour maître.

OLIMPIAS.

Ah! voilà les projets que méditoit un traître!
Ciel!... courez arrêter Sosthêne avec Téglis;
Qu'ils soient chargés de fers.

SCENE IX.

OLIMPIAS, DORIS.

OLIMPIAS *pourſuivant.*

Que m'apprens-tu, Doris?

DORIS.

Madame, à chaque inſtant, le deſordre s'augmente:
Les rebelles, par tout, ont ſemé l'épouvante;
Bien-tôt vous n'avez plus de fidéles ſujets;
Un gros de révoltés marche vers ce Palais;
Soſthêne eſt à leur tête, il preſſe, il les anime.

OLIMPIAS.

Soſthêne! ah! ſur ſa fille, allons punir ſon crime;
Frappons.

DORIS.

Il n'eſt plus tems; ces ſoins ſont ſuperflus,
Madame, en ce Palais, déja Téglis n'eſt plus.

OLIMPIAS.

Eh bien, n'oublions rien pour découvrir l'azile,
Qui, contre elle, rendroit ma colere inutile;
Par force, ou par adreſſe, il faut s'en emparer;
Rien n'eſt perdu, Doris, ſi je l'en puis tirer.

De même que son pere, un fol orgueil l'enflâme,
Allons sans perdre tems.....

DORIS.

Ce n'est pas tout, Madame,
On dit que Pyrrhus même a joint les révoltés.

OLIMPIAS.

Dieux, je ne crains plus rien; tous vos coups sont portés!
Il ne me reste plus d'espoir qu'en Ptolomée;
Pour venger nos affronts, que sa main soit armée;
Hâtons-nous d'assembler mes Chefs & mes Soldats;
Qu'ils aillent seconder les efforts de son bras.
Et vous, si ma fureur vous paroît légitime,
Dieux, qui me trahissez! livrez-moi la victime,
Sur qui doit retomber l'éclat de mon courroux;
Que la foudre me venge, ou conduisez mes coups!

Fin du quatriéme Acte.

ACTE V.

SCENE PREMIERE.

ANTIGONE, CEPHISE.

ANTIGONE.

ON, rien ne peut calmer l'ennui qui
me dévore ;
Tes discours & tes soins le redoublent
encore :
Laisse-moi me livrer à l'horreur de mon sort ;
Ne contrains plus, Céphise, un trop juste transport.
Pour tant de honte, ô Dieux ! j'étois donc destinée !
Ainsi donc, dans le cours d'une même journée,
L'on m'arrache à jamais à l'objet de mes feux ;
Un autre, malgré moi, doit obtenir mes vœux ;
Et lorsque mon hymen lui donne un diadême,
C'est peu que le perfide, à cet honneur suprême,
Préfere un autre objet dont son cœur est épris ;
C'est peu de m'accabler de haine & de mépris,

Sa paſſion encor juſques-là le ravale
Qu'il prétend, en ma place, élever ma rivale !
N'entends-tu pas les cris d'un peuple audacieux,
Armé pour ſoutenir ſes deſſeins odieux ?
Céphiſe, c'en eſt trop ! ſortons de cet Empire ;
A ſon triſte deſtin, abandonnons l'Epire ;
Allons, pour nous venger, ſoulever nos Etats ;
Portons le feu, le fer au ſein de ces climats ;
Que, dans des flots de ſang, s'effacent mes injures ;
Et donnons, s'il ſe peut, à trembler aux parjures !

CEPHISE.

Le peuple, pour Pyrrhus, envain eſt révolté,
Leur funeſte projet n'eſt point exécuté :
Madame, penſez-vous que la Reine y conſente ?
Croyez-vous que bien-tôt ſa vengeance éclatante
Ne diſſipera pas un complot criminel ;
Laiſſeroit-elle rompre un ſerment ſolemnel !
Autant que vous, contre eux, ſa haine eſt animée ;
Vos Gardes, ſes Soldats ont ſuivi Ptolomée ;
Il fera tout pour vous, il ſçaura vous venger.

ANTIGONE.

Il ne fera peut-être, hélas ! que m'outrager.
Oui, s'il ſçavoit aimer, j'en pourrois tout attendre,
Et lui ſeul ſuffiroit, ſans doute, à me défendre ;
Mais, inutile eſpoir ! l'amour le touche peu ;
Avec quelle froideur, il immoloit ſon feu ;

Presque sans murmurer, il cédoit Antigone.
Quand un cœur tout entier, à l'amour, s'abandonne,
Ah ! qu'il fait éclater de plus ardens transports !
Juges-en par Pyrrhus; regarde quels efforts
Il tente, dans l'ardeur dont son ame est charmée,
Pour couronner l'objet dont elle est enflâmée.
L'excès de cet amour irrite mon ennui;
Heureuse, si son frere aimoit autant que lui !

SCENE II.

OLIMPIAS, ANTIGONE, CEPHISE.

OLIMPIAS.

JE conçois les douleurs dont votre ame est atteinte;
Mais, Madame, calmez une inutile crainte.
Votre gloire, ma foi, tout est en sureté;
Et vous verrez bien-tôt accomplir le traité:
Toutes deux, d'un ingrat, nous sommes outragées;
Toutes deux, à la fois, nous en serons vengées.
Envain, pour assurer d'ambitieux projets,
Sosthêne a fait sortir sa fille du Palais,
Et, dans le Fort, envain sa crainte l'a cachée,
Mes Gardes l'ont surpris, & l'en ont arrachée:
Ceux qui la défendoient sont tombés sous leurs coups,
Et l'on vient de la rendre à mon juste courroux.

Je ne crains plus Pyrrhus avec un tel ôtage ;
Il ne peut, à mes voeux, résister davantage.

ANTIGONE.

Il ne seroit plus tems : après l'indigne affront,
Dont ce Prince, en ce jour, a fait rougir mon front,
Entre nous deux, Madame, il n'est plus d'hymenée !
J'aime mieux retourner aux lieux où je suis née,
Que d'unir mon destin à celui d'un époux,
Qui, d'obtenir mon cœur, ne seroit point jaloux ;
Qu'un autre retiendroit dans un vil esclavage,
Et qui m'auroit enfin pû faire cet outrage
D'aimer mieux obéir, que régner avec moi.
En un mot, si c'est lui qui doit devenir Roi,
Qu'il se livre, Madame, au feu qui le surmonte !
Je ne dois m'occuper que de cacher ma honte.

SCENE III.

OLIMPIAS *seule.*

A Ces justes transports elle peut se livrer !
Mais je verrai bien-tôt son cœur se rassurer.
Croit-on, lorsque je tiens sur qui punir l'offense,
Que je laisse au hazard le soin de ma vengeance ?
Traîtres, bravez mes loix, revenez en vainqueurs ;
Je ne redoute plus vos perfides fureurs !

SCENE IV.

OLIMPIAS, MITRANE.

OLIMPIAS.

EH bien, triomphons-nous, Mitrane? & Ptolomée....

MITRANE.

Tout ſuccede à vos vœux, la révolte eſt calmée.
Le perfide Soſthêne, à grands cris, vers ces lieux,
Conduiſoit fiérement un peuple furieux,
Quand Ptolomée épris d'une plus noble audace,
Et tel que le vainqueur de l'Inde, ou de la Thrace,
Paroît accompagné de vos braves Soldats,
Et, d'un traître Sujet, vient arrêter les pas.
Déja rien ne réſiſte à ſon ardeur guerriere;
Déja les plus hardis tombent ſur la pouſſiere;
Infatigable Chef, intrépide Soldat,
Il commande partout, & partout il combat;
Il sembloit que ce Prince héritoit du courage
De ceux qu'il immoloit pour venger votre outrage,
Tant, à chaque trépas qu'il venoit de porter,
On voyoit ſon ardeur & ſa force augmenter.
La valeur dont la gloire & le devoir ſont guides
A l'avantage heureux ſur celles des perfides,

Que le crime des uns fait trembler leur fierté,
Lorsque tout, des premiers, accroît la fermeté.
Sosthêne envain jadis répandoit les allarmes,
Aujourd'hui, dans ses mains, il voit briser ses armes,
Et, pour premier exploit, le plus jeune vainqueur
Charge de fers un bras qui portoit la terreur;
Celui qui défioit la plus fiére cohorte,
Sans gloire, est ramené sous une sûre escorte.
Mais cependant Pyrrhus, à travers mille morts,
Vole, & vient, de Sosthêne, appuyer les efforts:
Il ne le trouve plus; & sa bouillante rage
Cherche, sur Ptolomée, à venger cet outrage.
De cet affreux combat, chacun déja gémit;
Et Peuples, & Soldats, tout tremble, tout frémit:
L'Epire, en un seul jour, craint de perdre ses Maîtres,
Et le reste du sang de leurs fameux Ancêtres.
Mais, loin de se défendre, ou d'attaquer Pyrrhus,
Celui, par qui déja les plus fiers sont vaincus,
Lui cédant, tout-à-coup, une triste victoire,
S'ouvre un nouveau chemin, pour marcher à la gloire:
Il jette son épée, & découvrant son sein,
» Frere ingrat, lui dit-il, achéve ton dessein;
» Abreuve de mon sang la rage qui te dompte;
» Frappe; je t'aime trop pour survivre à ta honte;
» Pour voir tremper tes mains dans cet auguste flanc,
» Dont nous avons tous deux succé le plus pur sang;

» C'est par ce digne coup, c'est en perçant ton frere,
» Que ton bras doit apprendre à s'immoler ta mere.
A ces mots, il se tait. Immobile d'horreur,
Troublé, Pyrrhus en vain rappelle sa fureur,
D'un plus doux sentiment, son ame est enflâmée:
Enfin, avec transport, embrassant Ptolomée:
» Quoi, vous pensez, dit-il, que Pyrrhus, de vos jours,
» Et de ceux d'une mere, ose trancher le cours?
» Non, cher Prince, entraîné par un pouvoir funeste...
» Faites votre devoir, je me charge du reste,
Lui répond Ptolomée.... Alors ils n'ont songé
Qu'à calmer la révolte où le peuple est plongé.
Chacun, à leur exemple, abandonne ses armes;
Et ce combat fatal, qui causoit tant d'allarmes,
Qui n'a pû, pour l'Etat, être trop redouté,
Par cet heureux retour de générosité,
N'a fait couler enfin, que des larmes de joye.

OLIMPIAS.

Ciel!

MITRANE.

Lorsqu'à tout calmer, l'un & l'autre s'employe,
J'ai couru vers ces lieux, vous apprendre un succès,
Qui nous doit, en ce jour, assurer de la paix.

OLIMPIAS *à part.*

A mes premiers transports, je me suis trop livrée:
Peut-être ma vengeance est trop bien assurée!

Et peut-être déja . . . l'on vient ! . . . .

(*à Mitrane.*)

Cours, va dire à Doris,

Que, s'il se peut encor, elle sauve Téglis.

Dis-lui que je l'ordonne.

SCENE V.

OLIMPIAS, PTOLOMÉE.

PTOLOMÉE.

Enfin tout est tranquile ;

Tout respecte vos loix, & l'Armée, & la Ville :

Et bien-tôt vous verrez tomber à vos genoux,

Un fils respectueux, confus de son courroux.

Non, il n'attentoit point, Madame, à votre vie ;

Le Thrône n'étoit point l'objet de son envie :

Un ascendant vainqueur l'entraînoit malgré lui ;

De tout ce qu'il adore, il se rendoit l'appui.

Je réponds de son cœur ; oubliez son audace ;

Aux transports de l'amour, peut-on refuser grace ?

Il fait subir ses loix, même aux plus vertueux :

Ah ! rendez à Pyrrhus, l'objet de tous ses vœux. ...

OLIMPIAS.

OLIMPIAS.

Oui, je vois qu'il eſt tems, Prince, que je lui céde,
Et ne m'oppoſe plus au feu qui le poſſéde.
Vous pouvez l'aſſurer, qu'il va revoir Téglis,
Et que tous ſes ſouhaits vont être enfin remplis.

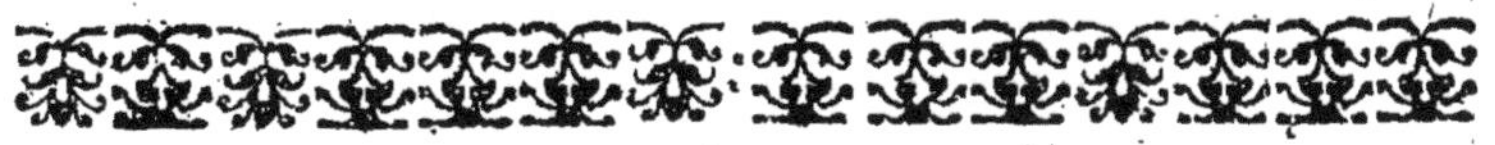

SCENE VI.

PTOLOMÉE *ſeul.*

AH! que ce doux moment aura, pour lui, de charmes!

SCENE VII.

PYRRHUS, PTOLOMÉE, IPHIS.

(*Pyrrhus, en entrant, paroît agité, & fort inquiet.*)

PTOLOMÉE.

Venez, Prince, venez; banniſſez vos allarmes!
On ne met plus d'obſtacle à vos tendres ſoupirs,
Et la Reine conſent de combler vos deſirs.

PYRRHUS.

Puis je le croire, ô Ciel! ô flateuſe eſpérance!
Que ne vous dois-je point! quelle reconnoiſſance,
Cher Prince me pourroit....

SCENE DERNIERE.

PYRRHUS, PTOLOMÉE, TEGLIS *mourante, & soutenue par une Suivante & par son pere*, SOSTHENE, *desarmé*, IPHIS.

PYRRHUS *appercevant Téglis, & courant à sa rencontre.*

AH! Madame, c'est vous!
Quoi, je puis me flatter du lien le plus doux?
Mais, quelle horreur.... vos yeux ne s'ouvrent qu'avec peine!...
Je ne vois que des pleurs!

PTOLOMÉE *à part.*

Ah! trop cruelle Reine!

SOSTHENE, *à Pyrrhus.*

Seigneur, voilà le coup qui me faisoit frémir;
Que tous mes soins n'ont pû parer, ni prévenir.
Le destin qui poursuit une triste famille,
Aux mains d'une inhumaine a fait tomber ma fille;
La perfide aussi-tôt, par un poison cruel....

PYRRHUS.

Où suis-je! que devien-je! ô desespoir mortel!

TEGLIS, *à Pyrrhus.*

Cher Prince, hélas ! la mort, pour jamais nous sépare :
Je vous avois prédit qu'un destin si barbare,
Termineroit enfin un amour malheureux ;
Vous avez négligé mes conseils généreux ;
Trop prévenu pour moi, trop tendre, trop fidéle ;
Aux desirs d'une mere, en ma faveur, rebelle,
Votre cœur a voulu me conserver sa foi ;
Et votre amour me perd, pour vouloir être à moi.

PYRRHUS.

Je vous perds !.. à mes pleurs, ne l'aviez-vous rendue,
Que pour la faire, ô Dieux, expirer à ma vûe !

SOSTHENE.

Si ce cruel spectacle a pû vous affliger,
Venez armer du moins mon bras pour la venger.

PYRRHUS, *à Sosthêne.*

Va, je la vengerai. Je veux que la barbare,
Pleure à jamais du coup que ma main lui prépare ?

TEGLIS.

Ah ! sur qui voulez-vous, Seigneur, venger ma mort ?
Je ne murmure point des rigueurs de mon sort.

PYRRHUS.

Oui, je veux vous venger, non en amant timide,
Qui, n'osant se frapper, deviendroit parricide,
Non en portant mes coups, sur un perfide flanc,
Où, malgré ses fureurs, j'ai puisé tout mon sang ;

Mais en fidéle amant, dont le bonheur suprême
Est de vivre, ou mourir avec l'objet qu'il aime.

(Il se tue.)

(Ptolomée fait un mouvement pour l'arrêter, mais le coup est déja porté.)

TEGLIS.

Ce coup hâte ma mort !

PTOLOME'E.

Que faites-vous, Seigneur ?
Où vient de vous porter une aveugle fureur !

SOSTHENE.

Grands Dieux !

PYRRHUS *à Ptolomée.*

Tu vas régner ....

PTOLOME'E.

Epargnez ma tendresse,
Prince trop cruel, puis-je ....

PYRRHUS.

Ecoute, le tems presse :
(en donnant la main à Téglis, qui lui présente aussi la sienne.)
Fais qu'un même tombeau m'enferme avec Téglis ;
Qu'après la mort du moins nous soyons réunis ;
(en regardant Sosthêne.)
Protége un malheureux, pour moi, trop plein de zéle ;
Avec la même ardeur, il te sera fidéle :
Mais c'en est fait, je meurs .... déja je ne vois plus ....
Adieu ... chére ... Téglis.

TEGLIS.

Adieu ... mon ... cher ... Pyrrhus.

Fin du cinquiéme & dernier Acte.

APPROBATION.

J'Ai lû par ordre de Monseigneur le Garde des Sceaux, *Téglis*, *Tragédie*, & je croi que le Public qui l'a applaudie dans les représentations, en verra l'impression avec plaisir. A Paris ce 3 Octobre 1735. DANCHET.

PRIVILEGE DU ROY.

LOUIS par la grace de Dieu Roy de France & de Navarre, à nos amez & feaux Conseillers les Gens tenans nos Cours de Parlemens, Maîtres des Requêtes ordinaires de notre Hôtel, Grand Conseil, Prevôt de Paris, Baillifs, Sénéchaux, leurs Lieutenans Civils & autres nos Justiciers qu'il appartiendra, SALUT. Notre bien amé le sieur PIERRE DE MORAND, Nous ayant fait supplier de lui accorder nos Lettres de permission pour l'impression d'une Tragédie intitulée, *Téglis*, offrant pour cet effet de la faire imprimer en bon papier & beaux caracteres, suivant la feuille imprimée & attachée pour modele sous le contre-scel des Présentes; Nous lui avons permis & permettons par ces Présentes, de faire imprimer ledit Livre cy-dessus spécifié, conjointement ou séparément, & autant de fois que bon lui semblera, & de le vendre, faire vendre & débiter par tout notre Royaume pendant le tems de trois années consecutives, à compter du jour de la date des Présentes: Faisons défenses à tous Libraires, Imprimeurs & autres personnes de quelque qualité & condition qu'elles soient, d'en introduire d'impression étrangere dans aucun lieu de notre obéissance; à la charge que ces Présentes seront enregistrées tout au long sur le Registre de la Communauté des Libraires & Imprimeurs de Paris dans trois mois de la date d'icelles; que l'impression de ce Livre sera faite dans notre Royaume & non ailleurs, & que l'Impétrant se conformera en tout aux Reglemens de la Librairie, & notamment à celui du dix Avril 1725. & qu'avant que de l'exposer en vente, le Manuscrit ou Imprimé qui aura servi de copie à l'impreſſion dudit Livre, ſera remis dans le même état où l'Approbation y aura été donnée, ès mains de notre très-cher & feal Chevalier Garde des Sceaux de France le Sieur Chauvelin ; & qu'il en ſera enſuite remis deux Exemplaires dans notre Bibliotheque publique, un dans celle de notre Château du Louvre, & un dans celle de notre très-cher & feal Chevalier Garde des Sceaux de France le Sieur Chauvelin ; Le tout à peine de nullité des Préſentes : Du contenu deſquelles vous mandons & enjoignons de faire jouir l'Expoſant ou ſes ayans cauſe pleinement & paiſiblement, ſans ſouffrir qu'il leur ſoit fait aucun trouble ou empêchement. Voulons qu'à la copie deſdites Préſentes, qui ſera imprimée tout au long au commencement ou à la fin dudit Livre, foi ſoit ajoutée comme à l'original. Commandons au premier notre Huiſſier ou Sergent de faire pour l'exécution d'icelles tous actes requis & néceſſaires, ſans demander autre permiſſion & nonobſtant clameur de Haro, Charte Normande & Lettres à ce contraires ; Car tel eſt notre plaiſir. Donné à Verſailles le vingt-ſixiéme jour de Septembre l'an de grace mil ſept cens trente-cinq, & de notre Regne le vingtiéme. Par le Roy en ſon Conſeil.

SAINSON.

Regiſtré ſur le Regiſtre IX. de la Chambre Royale des Libraires & Imprimeurs de Paris, N. fol. conformément aux anciens Réglemens confirmez par celui du 28 Février 1723. A Paris ce Octobre 1735.

G. MARTIN, *Syndic.*

FAUTES A CORRIGER.

Page 3. *lig.* 18. Iphis, t'en rien apprendre, *liſez* qu'on en pût rien apprendre.
Ibid. l. 2. *d'en bas*, loin, *liſ.* ſans.
Page 4. *l.* 11. rival, *liſ.* amant.
Page 27. *l.* 6. *d'en bas*, bient fait, *liſ.* bien-fait.
Page 45. *l.* 14. tes, *liſ.* ces.
Page 47. TEGLIS *ſeul*, liſ. *ſeule.*

www.ingramcontent.com/pod-product-compliance
Ingram Content Group UK Ltd.
Pitfield, Milton Keynes, MK11 3LW, UK
UKHW020340180726
13839UKWH00002B/833

9 782329 139326